冬子の日記

波多野 伸
Hatano Shin

文芸社

目次

冬子の日記　5
偶発　71
日曜日には復讐を果たせ　155
あとがき　227

冬子の日記

一

ここは東京駅からほど近い、目の前に皇居が広がる大手町。その一角にある都市銀行のビルである。

冬子と市郎は、この眺めのいい九階の社員食堂で働いている。年上の市郎に対して、冬子はまだあどけなさも残る乙女である。

市郎は朝七時から勤務するコック、冬子は十時半出勤の食堂のウエイトレスとして働いている。

冬子は東北のとある田舎町で育ち、家が貧しく中学を出るとすぐ就職すると決めていた。

そこへ銀行の社員食堂のウエイトレスの話があって飛びつき、上京した。

無論、住み込みの寮生活。それは見知らぬ物同士の寄せ集めで、最初はちょっと気まずい思いもあったが、だんだん慣れて一年、二年、そして三年目となると、冬子はもうベテランの部類に入った。

そんなある日のこと、この厨房のコックの市郎から突然、声をかけられた。

「今日の帰り、映画を観に行かない？」

今まで一度も男に誘われたことのない冬子にとって、これは初めての出来事だった。

「はい」

と言った返事にははじけるような嬉しさの表情が浮かんでいた。

二人はビルの通用口から見えない、正面玄関側の自販機の脇で待ち合わせた。

早速、丸の内の立派な映画館に入った。かかっていたのは、『ウエスト・サイド・ストーリー』である。

ワイドな画面いっぱいに繰り広げられる素晴らしい歌と踊りに、冬子はもう夢中だった。

映画を見終わっても頭の中で『ウエスト・サイド・ストーリー』のメロディーがずぅーっといつまでもいつまでも流れて、冬子はその感動に酔いしれていた。

特に主人公の二人が、洋裁店の中で花嫁衣裳を纏いながら歌い踊るシーン。

そんな時、いつしか市郎の手が冬子の膝の上にあった。冬子も思わず軽く握り返した。

それからというものは幾度か二人で映画を観て、お茶をしたり、食事を楽しんだり。遂に同棲することになり、アパートを借りたのである。

池袋から私鉄にしばらく揺られた小さな駅に広がる短い商店街のある小さな町。その町の外れ、木造アパートの二階角部屋。そこで、冬子は市郎に毎晩抱かれるようになった。

市郎は冬子より一回りも年が上だったが、娘盛りの冬子と、これまた血気盛んな市郎の二人の愛は激しく、冬子は毎晩幸せだった。

新所帯を持ったというものの、お互いに貧しい者同士である。だから今月の給料では卓袱台《ちゃぶだい》を、今度の給料ではトースターなどと、少しずつ所帯道具を揃えていった。二人にはそれがとても楽しかった。

そんな同棲生活を続けているうちに、冬子が妊娠。市郎はそこで初めて入籍を決心した。

「子供が生まれる。だから、こんな同棲じゃいけない。子供のためにもちゃんと籍を作ろうね」

市郎のやさしい言葉が、冬子にはとてもうれしかった。

入籍した冬子が一番欲しかったのは結婚指輪だった。近くの写真屋で記念の一枚を撮り、その日指輪を填《は》めてもらった。二人で同じ干支の入ったリングである。だが、市郎はコック長から仕事中は指輪を外せと言われ、時として置き忘れて家に帰ったこともあり、冬子はそれに気付いていたが、リングを外している市郎に何も言わなかった。

妊娠してから四か月が経つと、冬子は、市郎から、

「大事をとって仕事は休め」

と言われた。

ウエイトレスの仕事も決して楽ではない。夫のその優しい気配りがまたうれしかった。

だが事態は、思わぬ急変をもたらした。初めてできた子の流産である。あんなにも子供を欲しがっていた市郎の落胆ぶりは激しかったが、「次があるさ」と冬子を慰めてくれた。

しかしあの流産の後、冬子はちょっと体調を崩して寝込んでしまったのである。市郎は初めのうちは優しく色々と世話をしてくれたのだが、それから半年、そして一年と経つうちに、夜になっても冬子に手を出さなくなってきた。

最初は冬子も、それは夫の妻への思いやりと思っていたが、いつまで経っても市郎との夫婦生活がまったくないことに、言い知れない寂しさを覚えるようになった。

そのうちにやっと体が元の調子に戻ったので、冬子は職場に復帰しようと思ったが、市郎は、

「もうウエイトレスは辞めてずっと家にいればいい」

と言ってくれた。

冬子も市郎の言葉に素直に従っていたが、新しい生活は単調そのものだった。

いつものように朝慌ただしく食事を済ませて、市郎は出て行く。冬子はお勝手をちょっと片付け、アパートの二階からトントーンと階段を降りて下の共同ゴミ捨て場へポイとゴミを捨て、また階段を上がって自分の部屋へ戻る。

そして、昼間は編み物などをして時間を潰し、夕方に帰ってくる市郎を待っていた。

そんな平凡な毎日を過ごしていたある日のこと、冬子がいつものようにゴミを捨てに出た時、廊下で隣の男とばったり顔を合わせた。

「おはようございます」

「あっ、おはようございます」

と軽く挨拶を交わした相手をよく見れば、少し色は浅黒いが、がっちりとした体つきの男前である。年は市郎とそれほど変わりはないだろう。

こんな男のことなど、今まで全然気にしていなかったが、初めて表札を見ると「田中」とあった。

朝のゴミ出しの時、廊下や階段で時折出会っていたはずなのだが、気にも留めずにすれ違っていたのだろう。

しかしそれからというものは、冬子は隣の住人であるこの田中という男のことを意識するようになった。

そういえば新婚当時は、冬子も市郎も毎晩燃えるような夫婦生活を繰り返しているうちに、時には冬子は無我夢中で絶叫していたのかもしれない。

そして甘い生活に耽った後は、毎夜爆睡していたから、隣の住人のことも全然意識しなかったのである。

そんなことを振り返ってみると、冬子は突然恥ずかしい思いに襲われて、あたりを見回した。

夜、市郎の帰りを待っている時、耳を澄ませると隣からなにか声がする。

プロ野球の実況中継のようだ。おそらく巨人・阪神戦であろう。

冬子はあまり野球に興味がなかったが、その熱狂するアナウンサーの声が、壁を通してよく聞こえてきた。

しかし今頃になってこのアパートの壁の薄さに気づいても、もう後の祭りである。

だが今はあの頃とはまるで違う。

いっこうに市郎が冬子に手を出さないのだ。

そして、ひたすら冬子は待った、毎晩待ち続けた。

市郎は社員食堂の厨房の仕事。朝は早いが夕方切り上げるのも早い。

以前はよく仕事帰りに二人で毎日のように映画を観たりしていたが、今は市郎は早く帰ってくるなり食事を済ませると、物書きに夢中である。

「あなた、なに書いてるの?」

「これか、今度な、ほらあの雑誌社で募集があるんだ。それに出してやろうと思ってる」

「えっ、あなたそんなことしてるの?」

「これがさあ、すごい賞金が出るんだよ。俺、ドーンと稼いでやるから」

と、まるで夢のようなことを言っている。

そして、冬子が流産してからというもの、夜一人じーっと物書きに夢中になっている市郎の姿が度々《たびたび》あった。それで私をなおざりにしているのかと冬子は寂しかった。

ある日、帰宅した市郎は機嫌が悪く、

「冬子、今度から夜も食事を出せっていうことになったんだよ。だから帰りが遅くなる。ちぇっ、頭にくるよ。少しは給料が上がるかもしれないけど、俺それより時間が欲しいんだ」

と愚痴っていた。

銀行の希望で、昼の給食だけではなく、夕食も出してほしいというのである。市郎の帰りはずっと遅くなり、冬子は一人で寂しく夕食を済ませるほかはなかった。

二

冬子にはそんな侘しい日が続いたが、だからといって市郎に不満を言う術《すべ》もなかった。

今朝も捨てるものも少ないが、ともかくいつものようにゴミを持ってトントンと階段を下りて、ポイっと共同捨て場へ投げ、そしてトントーンと自分の部屋へ。

いつものことである。

ドアを開けて中へ入るなり、冬子ははっと息をのんだ。

「ああっ！」

男がそこに突っ立っていた。

「あっ、あなた、あなたは」

「奥さん静かにして」

「えっ、何をするんですか。夫を呼びますよ。警察を呼びますよ」

「いや、奥さん、奥さん、俺、奥さんが好きなんだ。好きだ」

と、あの隣の男がいきなり抱き付いてきた。

「い、いけません、そんなこと。警察を呼びますよ」

「警察を呼んだっていい。俺、奥さんが好きなんだよ」

男の動作は素早かった。

冬子は無理やり押し倒され、あっという間に犯されていた。

「こんなことをして、こんなことをして」

「いや奥さん、いけないことは知っている。でも俺、奥さんが好きなんだ。奥さんが隣へ越してきてから、俺は毎晩悩ましい声を聞かされてきた。だから俺たまらなかった。奥さんのあの満足そうなうめき声を毎晩聞かされて。この気持ち分かりますか。だが、最近になって奥さんの声がまったく聞こえない。奥さんの悩ましい声、あれがたまらなかったのに、ここへ来てすっかりご無沙汰のご様子。だから俺はもう我慢できなくなった。旦那が駄目なら、奥さんを、俺が満足させてあげるから」

と、男は次々に勝手なことを口走った。

だが、この隣の男の言う通りかも知れない。ここへ越してきた頃の市郎の激しい情熱、そして初めて男を知った若い冬子は、もう毎晩夢中で抱き合い、そして悩ましい声を上げていたのだろう。

それをこのアパートの隣の住人は夜な夜な耳にしながら、冬子の悩ましい声にきっといたたまれない思いを募らせていたに違いない。

「奥さん、また抱かせてくださいよ、ね、奥さん」

と、男は平然と身支度して出て行った。

しばらく放心状態に陥った冬子だったが、なんと図々しい奴だろうと次第に腹が立ち、頭に血が上った。

しかし、それほど必死になって抵抗しなかった自分もまた哀れに思えた。

振り返ってみると、自分はいつもゴミを捨てに行く時、部屋の鍵をかけていない。その習慣を隣の住人は前から知っていたのだ。

だから、今度から必ず鍵をかけるしかない。でも、あの調子だとベランダから忍んで来るかもしれない。

さあ、どうしよう、どうしよう、と冬子は悩んだ。

そんなとんでもない事件が起こったその晩のこと、市郎が思いがけないことを切り出した。

「おい冬子、実はなあ、銀行で寮の管理人の募集があってね、どうかって言われてんだが、お前、行かないか。場所は大磯。賄いの仕事が少しあるけど、今よりうんとラクチンだ。どうだい、行こうじゃないか。そうすりゃあ二十四時間お前といつも一緒にいられる。それが何よりだと俺は思うんだ」

冬子は最初は驚いたが、隣の男の一件もある、だから冬子は即座に、

「はい」

と返事した。

そして、二人は大磯にある立派な古いお屋敷の管理人となるために、すぐにここを出ることにした。

引っ越しの準備の際に花柄のピンクの布団を畳んでいる時、小さなシミに気が付いて冬子ははっとした。思い起こせば、これが二人が同棲した時最初に買った思い出の布団であった。

あの初々しい気持ちで買った布団！　そして、この布団の中で二人は毎晩愛を確かめ合った。

質素ながら生活を彩った全ての小物も、そして、お茶碗一つにしても、あの頃はそれが楽しみで買い足していった。そんな思い出とともにあの悲しい流産。更に隣の男のことも冬子にとって忌々しい思い出である。

この隣の田中という男と絶縁するためにも、冬子は市郎の誘いに乗って大磯へ行く決心を即座にしたのだった。


だが、冬子の気がかりはそればかりではなかった。最近、仕事の都合だと言って、ますます市郎の帰りが遅くなってきた。

社員食堂で夕食を出すようになった、というのがその理由である。

それは本当かもしれない。だが、冬子には疑いの目があった。

まだ市郎と知り合う前に、市郎はウエイトレス仲間で一番の美人である英子と仲が良かった。

その二人の間柄は、周りの評判にもなっていた。

それだけではない。

市郎は会社の帰りに英子を誘っては、御茶ノ水からずぅっと入った湯島通りのラブホテルへよく通っていたのである。

英子は住まいが赤羽、市郎は千駄ヶ谷だった。

ホテルで事が終わると、二人は湯島から御徒町まで歩いて、そこで別れた。そんなデートを市郎は繰り返していたが、しかし、英子の家も貧しく、もっと実入りのある仕事に就きたいといって、東京八重洲口に近い純喫茶へ勤め替えをしてしまったのである。

すると市郎は、英子の後を追うように、仕事を終えてからその店によく通った。

しかし、この着物喫茶の閉店は終電に近いので、ホテルなどに行く時間もない。

仕方なく二人は、店の近くの角で何回となく落ち合い、東京駅京浜東北線のホームから秋葉原までのほんの僅かな間言葉を交わしただけで、

「おやすみなさい」

といって別れた。

それでも市郎は英子に会いたくて八重洲へ通った。

だがある日のこと、市郎がいつものように喫茶店の裏口近くで待っていると、英子がいきなり店のドアを開け、小走りに大通りの方へ走って行く。見るとそこに高級車が一台、英子を待ち構えていた。英子がそれに乗ると、車はあっという間に走り去って行った。

「畜生、男がいたんだ！」

茫然と見送るしかなかった市郎は、それで英子を諦め、それからしばらくして、この素朴な感じの冬子を誘うようになったのである。

そして、いつしか心が通うようになり、二人は結ばれた。

しかし、冬子にしても市郎と英子のことは知っていた。だから時折引っ掛かるものがあった。

「今度から残業で遅くなる」

と言っていたが、もしかしたら英子と会っているんじゃないかしら、という疑惑の念も持ち上がった。

しかも最近はずぅーっと自分を求めてこない。こうした夫の行動からして、彼女の疑惑の念はますます深まっていた。

冬子のそんな欲求不満のところへ、あの隣の男の乱入であった。

しかし、このままではいけない。

こんなことをしていると自分は駄目になる、と思って冬子は大磯へ行く決心をしたのである。

そしてまた、大磯へ引っ越せば、市郎との夫婦関係も気分が変わり、元通りになるであろう、と冬子はひそかに期待したのだった。

三

ここ大磯の駅より北に歩いて十分ほど、小さな山の懐にその屋敷はあった。

この古いが平屋建てのお屋敷は、元著名な財閥の別荘で、今は銀行の保養所として使っていた。

離れには立派な茶室があり門前には庭が広がり裏手にも庭があり、その奥に古井戸があった。

冬子は屋敷内の掃除、市郎は外回り仕事と二人で分担した。

ここは平日はほとんど利用者もないのだが、土日にかけて泊りがけで都内の支店から研修の名のもとに行員が何人か来て、彼らに食事を出すこともあった。

ほとんど一日中屋敷内の掃除をする冬子。市郎は午前中に庭の掃除を終えると、昼飯を食べてから自分の部屋に籠《こも》り執筆活動に入るのが日課になってしまった。

冬子もまたそれを認めて許していた。

この人は、末は立派な小説家になるのかしらと半信半疑であったが、今の夫を信じるしかない。

思い起こせば冬子も、中学時代に密かに日記を書いた思い出があった。

彼女は、当時同じクラスの男子にほのかな思いを寄せていたのだった。

しかし、だからといって自分の恋心を直接言葉にすることもできない。仕方なくほのかな思いを当時の日記に綴っていたのだった。

日記は便利なものである。「好きです、大好きです」と自由に言葉を書くことができる。

そして冬子は日記の中で、「大きくなったらあなたのお嫁さんになりたい」と大胆な告白もしていた。

中学の間ずっと初恋の思い出を綴っていた、この冬子の日記は、卒業とともに途切れてしまった。

思いを寄せる男子は、立派な高校へ進学してしまったのだ。

一方、冬子は、家が貧しくて東京の食堂のウエイトレスへと出稼ぎに出たのである。

冬子はその日記帳を、今でも大事に持っていた。

そして以前、住み込みだった頃、そっと開いては懐かしい思い出に心を寄せていたのである。

あの人は今頃大学に行っているかもしれない。

もしかして美しい奥さんをもらって幸せな家庭を作って……と、その初恋の男性の行く末までも案じていた。

その日記帳は、押入れの柳行李に眠っている。

今はこうして別荘の掃除のおばさんに成り下がってしまった冬子であったが、これも辛抱だと自分に言い聞かせていた。

しかし、この別荘の掃除で一番辛いことがあった。それはこの建物の中に百足《むかで》が出るのである。

だから廊下の至る所に蠅叩きが置いてある。それで百足《むかで》が出てきたら叩くのだ。

特に困ったのは浴室にも百足《むかで》がたまに出ることで、冬子はこんなものが天井から落ちてきて体を這ったらそれこそ腫れ上がってとんでもないことになる、とゾッとした。引っ越して来た時、この桧造りの立派な浴槽に冬子は期待するものがあった。あのアパートでは、銭湯へ通っていた。それが今度はゆったりとした浴槽に二人切りで、と甘い気持を抱いたが、その夢は百足によって即座に消え失せた。

この大磯に引っ越してきてから市郎は、時々冬子に求めてきたが、冬子にとっては不満であった。あのアパートと違って、この屋敷は二人きりである。それなのに冬子が絶叫することもなく、いつも事は簡単に終わってしまった。

それはいつも、なぜかありきたりの行為であり、情熱を感じられない。以前はあんなに激しく力強く抱いてくれたのに、今は素っ気ない。冬子の不満は募っていった。

そして夫婦関係もそこそこに、夜遅くまで物書きに夢中になっている市郎に、だんだん冬子は腹が立ってきた。

私はまるで女中さん代わりに家の掃除ばかりやっているのに、市郎は時折思いついたように自分の欲望を満たすだけ。それで好きな小説ばかり夢中で書いている。

若い頃、ある雑誌社に投稿して賞金五千円を稼いだことがあるという、そんな自慢話も聞かされてはいた。それで小説家、そんな夢みたいなことをこの人は追っかけている。

しかし、夫婦生活で爆睡したあの頃が懐かしく感じられる冬子であった。

あの池袋のアパートにいた頃、市郎は冬子にこんなことをよく尋ねた。

「お前、夏炉冬扇《かろとうせん》という言葉を知っているかい？」

「えっ、なあにあなた？」

「知らないのかい」

「はい、何ですか」

「夏炉冬扇《かろとうせん》とはなあ、時期外れで役に立たないってことの例えだよ」

「へえ、そうなんですか」

「じゃあお前、風が吹けば桶屋が儲かるって知っているかい？」

「はい、なんか聞いたことがあるみたい」

「そうか、分かんないか」

「はい」

冬子がなにも知らないことを知ると、更に市郎は、得意になってこんなことわざを持ち出して来た。

「天網《てんもう》恢恢《かいかい》疎《そ》にして漏らさず、分かるか？」

「さあ、さっぱりよ」

「そうだろうなあ」

と、市郎はますます得意そうな顔つきになった。

冬子は市郎の書斎から居間へ戻ると、テレビをつけた。

イタリア映画の『鉄道員』を放送している。父と子の愛情物語である。

冬子は急に田舎の父親のことを思い浮かべた。

無口であるが畑を黙々と耕す真面目な父親は、体の弱い母を助けて三人の子供を育てた。

二つ違いの兄は秋男、妹は春子。そして、その季節に生まれた自分も、冬子と名付けられた。

貧しいけれど一家五人の生活はそれなりに楽しいとさえ思った。日頃は兄妹三人が一部屋で雑魚寝だった。

それが今は侘しく一人で布団の中へ。

結婚してまだ日が浅いというのに夫は妻に見向きもしないのだ。

以前から市郎はいかにも無学な冬子を相手では話にならないといった態度であった。それが冬子にとっては本当に不満である。

最初親切にしてくれたあの頃は、年の差もあって冬子は市郎をまるで父親のように慕っていた。

そして、同棲してからも、勤めの帰りには食事をして、映画を観て、アパートへ帰るなりすぐさま抱き合って愛を確かめたものだった。

これといって語らうこともなかった。話はいらない、ただお互いに抱き合っていればそれで幸せだった。

その夫の趣味が物書きであるとは夢にも思わなかった。

当時の市郎は、いつもイタリアやフランスのちょっと難しい映画を好んでいて、冬子もそれに引き摺《ず》られて、いつのまにか意気投合したのだった。

それが今は詫《わび》しい一夜を一人で送っている。冬子はまだ二十歳である。

やがていつもの朝がきて、午前中の掃除が終わり、昼飯を食べると、市郎はまた自分の部屋に閉じ籠《こも》って物書きに夢中である。

たまにお茶を運んで冬子は様子をうかがうのだが、

「あっ、ありがとう」

と言葉を交わすだけ。

もう夢中になると夕飯も忘れている市郎。

「あなたお食事の用意が……」

「おう、ここへ持ってきてくれないか」

とそんな有り様だった。

そして、夜遅くまでまた夢中で物書きに没頭している。

紅葉の季節の大磯は、別荘の周りが落ち葉だらけで大変だったが、十二月に入ると落ち葉の数も少なくなった。

外を担当した夫の仕事は比較的楽である。

冬子のほうの屋敷内の掃除は切《きり》がない。

たまに町へ買い出しに出る冬子。だが、近所の家との付き合いもない。このお屋敷のちょっと崖下に何軒か平屋の家が連なっているが、勿論付き合いもない。冬子はともかく市郎と二人でまるで孤島にいるみたいな生活だという思いがしていた。

木枯らしが吹き、もうじき正月を迎えようとしている頃、こんな寂しい生活に冬子はだんだん耐えられなくなってきた。

そんな冬子の思いをよそに、いきなり昼から平塚の名画座へ映画を観に行くと言って出かけて行く。別荘の管理人は二人での外出は叶わず不便さをつくづく感じた。

そして平塚より帰るなり、冬子に名画のストーリーを得々と語り聞かせるが、冬子はもう聞く耳を持たなかった。

四

それは、木枯らしの吹く寒い日のことだった。

本社から突然市郎は呼び出され、

「俺、行ってくるよ」

と朝から出かけて行った。

都内にある寮の管理人が体の不調を訴え、市郎はその助っ人に廻されたのである。

夫の留守中に書斎を片付けようとした冬子は、ふと市郎の机の上に目が行った。書きかけの原稿である。何気なく見るとタイトルに『恥骨』とあった。

なんといやらしいと冬子は思いつつ、ペラペラと用紙を捲《めく》って吃驚《びっくり》した。少女の片思いの日記がそのまま綴られているのである。

それは冬子の日記の内容そのものであった。

「あらあの人、いつの間にか私の大事な日記帳を盗み見して文章にしている」

そう思うと、彼女は無性に腹が立って来た。日頃冬子に学があるような市郎の口ぶりが気に入らなかった。さらに許せないのは、日記の中の少女を淫らな娘として描いている事。

「ひどい、ひどすぎる」と冬子は思った。

その夜市郎は、遅く帰ってきた。

「あー疲れた。久しぶりの仕事で参ったよ」

と愚痴っていた市郎だったが、その日はなんと市郎は熱く燃えた。

冬子も応えた。二人は激しく抱き合った。

日記のことなど忘れて冬子は久し振りの快感に酔いしれて爆睡した。

だが、その夜中のことである。

「大変だあ、銀行さん、銀行さん火事ですよー、火事ですよー銀行さーん」

という誰かの異常な叫び声に、二人は跳び起きた。

「えっ火事だって？」

「あなた！」

市郎が玄関の方へ向かってみると、廊下や玄関のガラス戸が真っ赤に染まって見えた。

「うわあ大変だあ！　おい冬子、裏から逃げろ、表は駄目だ」

表にある松の木に火が移って、メリメリメリメリとその音も凄かった。

冬子は手持ちの貴重品を抱えて、裏庭へ出た。

後に市郎が続いたが、

「あっ、しまった。大事なものを忘れた。冬子、ちょっと待ってろ！」

と叫びながら、もう一度屋敷の中へ引き返した。

「あなた、気をつけてね！」

と心配しながら帰りを待っていた冬子だったが、見ると市郎は、風呂敷にあの原稿用紙を包み、大事そうに抱えて戻って来た。

消防車が次々にサイレンを鳴らして到着し、地元の消防団が、必死の消火活動を繰り広げている。

見れば火元はこのお屋敷の崖下にある平屋の家で、きれいに焼け落ちている。後で知ったのだが、何故か放火との説。そして、貴重品が盗まれたという話も聞いた。

「恐ろしい、何てことだ」

と、市郎と冬子は震え上がった。

夜中から朝にかけて一晩中、地元の消防団や消防士が後始末に追われた。

日が昇り、市郎も慌てて思い出したように物置へと走った。そこにはガラクタとともに冬子が古い布団を丸めて捨てようとまとめてあり、その奥に消火栓のホースなどがあった。

市郎は、手前にある邪魔な布団を表へボンボーンと放り出し、消火ホースの先端を古井戸に突っ込み、屋敷の中へホースを這わせた。

小型ポンプのスイッチを入れ、玄関先、廊下、さらにそのホースを持って今度は屋根にまで放水した。

きっとこの火事騒ぎを聞きつけて誰か本社から来るに違いない、と思った市郎は、泥縄式のアリバイ作りで放水したのだった。

だが、

『あれっ、井戸の水もうおしまいかな』

と思わず井戸を覗いてみた。

足下にはあの物置から放り出して捨てた古布団が濡れて散らばっている。

『あれっ、何だろう』

と井戸の底を覗き込んで市郎はびっくり。何か光るものがあった。

『何だろう』という思いのまま、もう一度物置を探すと、縄梯子があった。古い縄梯子である。

だが、今はいけない。まだ火事場の検証で人が来ている。本社からも、人が来る。

ここはちょっと待とう、と思って、市郎は井戸の蓋をした。

火事騒ぎがやっと落ち着いた数日後のこと。

「おい、冬子。ちょっと俺、古井戸の中を調べてみる。お前、ちょっとこの縄梯子を見ていてくれ」

「えっ、どうしたのあなた？」

「いやあ、あの井戸の底のほうに何だか光るものを見たんだ」

「光るものって何？」

「分からない。ともかく下りて見てくるよ」

と言いながら、市郎は恐る恐る古井戸の中へ下りて行った。

しばらくして市郎は、興奮した顔つきで上がってきた。

「冬子、ほれ見ろ！　金の、金の延べ棒だぞ、金の延べ棒だあ！」

「えっ、あなたそれ本物？　これ金なの？」

「金だ、金に違いない！　これ金の延べ棒だよ。井戸の底にはまだいっぱいある。いっぱいあるんだ！」

と叫びながら、市郎はまた下りて行った。

市郎は何度も何度も井戸の底を探し回って、その都度金の延べ棒を抱えて上がってきた。

「おい、何本になった?」

「あなた、九本ですよ」

「九本か、凄えなあ。これ一本いくらするんだろう。よーし」

と、さらに市郎は下りて行く。

そしてしばらくすると、市郎の驚きの声が井戸の中から聞こえた。

「冬子、大変だあ! ほらこんな重いでかいやつ。見ろ、こんな立派なやつが!」

後で知ったのだが、それは十二・五キロもする大きな金の延べ棒だった。

小さいものは一キロであった。

「世間相場でいったいいくらになるんだろう?」

と市郎は首をひねったが、見当もつかない。

ともかくこれは凄いことだと、まず金の延べ棒を大事に拭き取って、大風呂敷に包んで押入れにしまった。

「ねえあなた、でもこれはこのお屋敷の人が隠しておいたんでしょう。だから届けなくていいの？」

「馬鹿、そんなことをしたら全部持って行かれちゃうぞ」

「でもあなた」

「うるさい。これはもう俺たちのものだ」

と一喝して、市郎は、押入れの前で、風呂敷包みを大事に抱いたまま放さない。

この古いが立派なお屋敷は、大正時代の財閥の別荘で、その主はある事件によって非業の最期を遂げたという話を聞かされていた市郎は、その人がこの古井戸に財産を隠していたのかもしれないと思った。

「でもあなた、届けなきゃ後でとんでもないことになるわよ」

「馬鹿、そんなことをしたらもう一銭も懐へ入らないぞ。馬鹿だなあお前は」

と、市郎は冬子の言葉をまったく受け付けない。もう目が血走っているのである。

しかし、冬子にしても、この金の塊を見て思わず夢見心地になり、

「もう日頃の女中さんみたいな仕事をせずに、まともな生活を送れるかもしれない」

「夫も自由に物書きができるだろう」

と思った。

思いがけない幸運が舞い込んだ二人の夢は、果てしなく広がっていくのだった。

さて、火事騒ぎのあった夜のことである。

こちらもまさに青天の霹靂《へきれき》ともいうべきどえらい出来事があった。

彼女も忘れかけていたあの古いアパートの隣人、田中が大磯に現れていたのである。

どうやら田中は冬子が突然引っ越してから、ずっと気になって捜し廻っていたのだが、やっとこの大磯にいることを突き止めたのである。

以来、幾度となく田中は、このお屋敷の様子を見に来ていた。

午前中はあの市郎が庭掃除をしていること。

そして、冬子は一日中お屋敷の中の掃除に走り回っている様子を具《つぶさ》に観察していたのである。

「へえー、こんなところでこんな生活をしていたのかあ」と思った田中は、ともかく冬子に会いたかった。

あの火事があった夜も、一つ冬子をからかってやろうというような気持ちで、夜遅く大磯駅を降りた田中は、彼女がいるお屋敷を目掛けて歩いて行った。

だがその途中、いきなり向こうから小走りに走ってくる男とドーンと暗がりでぶつかった。

「おい、気をつけろ!!」

男は何か小さな包みをドスンと落としたが、無言で走って行く。

「おい、ほら、なんか落としたよ」

と言ったが、男は一目散に駅に向かっていた。

「なんなんだ」

とぼやきながら、田中はその小袋を拾い上げ、

「ちょっと重たいがまあいいや」

と独り言をいいながら、背中のリュックに収めて前へ進んだ。

と、いきなり目の前にメリメリ、メラメラと炎が上がった。

「あっ、火事だー、大変だあ、お屋敷が燃えている」

驚いた田中は、慌てふためいて元来た道を引き返した。

それから数日後のこと、田中は気になってまた火事場を見に大磯駅に降り立ったのだ。

だが、火事の火元は冬子のお屋敷でなく、その手前の平屋であることを知った
田中は、その夜お屋敷に忍び込んだのである。

「おい、起きろ、起きろ！」

「あっ」

うたた寝していた市郎と冬子は、びっくりして飛び起きると、枕元に黒ずくめの男が立っていた。

顔は布で覆ってあって眼とナイフだけが光っている。

「出せ、金を出せ！」

匕首《あいくち》を覗かせた強盗である。

「あなた」

と震え上がる冬子。

「ない、金はない、金はないんだ。ご覧の通り俺たちはしがない管理人、金なんか持ってない、金なんかないんだ」

と市郎は慌てふためいた。

「嘘をつけ、小金貯めているんだろう。ええ出せ、出せ」

と男は凄んでみせる。

市郎と冬子は後ずさりしながら、あの押入れを庇《かば》うようにしていると、その様子を見て、

「どけ、中を開けろ。中に金庫が入っているんだろう。おい開けろ！」

とどなりながら、男がサァーっと押入れを開けると、そこに風呂敷包みがあっ

た。

「これ、何だ？」

強盗はその風呂敷包みを開いてびっくり仰天。

「ええー、これ本物かよ？」

「はい」

「へえー、凄いものをお前ら持っているなあ。えー、どうしたんだこれ」

「実は庭の古井戸にあったもんで」

「へえー、じゃあこのお屋敷の人の持ち物じゃねぇか。お前、それをかっぱらう気か」

「いえそんな、滅相もございません。明日にでも届けるつもりで」

「本当かよ？」

「本当です」

「だがよう、届けたらお前一銭にもならねぇぞ。拾得物は一割と言うけどよ、さあどうなるかわからねえ。それよりどうだ、これ、俺たちでもって山分けにしようぜ」

「えっ、山分け？」

「そうだ、俺が黙っててやる。だから山分けでどうだ？」

と男は、勢い込んだ。

「えっ、そんな。滅相もない。そんなことはできません。届けなければ……」

「じゃあ、その筋へ届けたらどうなると思う。そんなことをしたら、折角手に入れたものが水の泡だぞ。そうだろう？　こんなもん届けてごらん、前の持ち主かそれとも市か国の方に没収されてしまう。それじゃあ相場の一割を貰うかそんなとこだ。これ、本物だったら凄《すげ》え金額だぜ。ともかくこれも何かの因縁だ、俺も中へ入るぜ。どうだ、これ売ってみんなで山分けよ。黙っててやるから、さあ俺の言う通りにしろ、いいな！」

と芝居がかった男の声に、市郎も冬子も震え上がった。

「ところで、その古井戸ってどこにあるんだ？」

「裏庭に」

「そうか、もうその井戸にはないのか」

「いえ、分かりません、探してみればもしかしたらまだあるかもしれません」

「そうかぁ、よーし明日俺をそこへ案内しろ、俺も見てみてえ」

ということになって、そのまま夜が明けた。

朝になって市郎と冬子は、男に脅かされながら庭に出た。

「おい、下りてみろ」

覆面の男に命じられるまま、市郎は縄梯子から井戸の底へ下りた。

「おーい、よく探せ、よく探せー」

と男は上から怒鳴った。

その時である、男はいきなり持っていた匕首《あいくち》で、縄梯子をサーサーっと切った。

「あぁーっ」

市郎の悲鳴が井戸の奥から聞こえた。

「あなた、いったい何するんですか」

と冬子がキッとなると、それまでずっと顔を覆っていた男が、黒い布をサッッと取った。

「奥さん、俺だよ」

「えっ、あなた誰？　もしかして田中、さん？」

「そうよ、あれからずーっと奥さんを捜してたんだ。あんたのことが忘れられなくてねえ」

愕然とした冬子が、その場によろよろと座り込んだ時、井戸の底で、

「おーい、助けてくれー」

という市郎の悲鳴がこだました。

すると強盗、いや田中はやにわに冬子の髪の毛を引っ張って立ち上がらせると、

「おい、何でもいいから、井戸に投げろ。放り投げろ！」

と命じた。

ちょうどそこに古布団があった。その布団を、男は手当り次第井戸の底へ投げた。

「さあ奥さん、そこにある何でも石でも何でもいい、投げろ、投げるんだ」

井戸の底から響く、

「おーい、助けてくれー!」

という悲鳴をよそに、田中は古布団や石やコンクリートの残骸を井戸にどんどん投げ落とした。

市郎の声は、次第に聞こえなくなった。

「あなた、なんて恐ろしいことを」

「別に恐ろしくはないさ。奥さん、これで邪魔はいねえ。さあこれから二人で仲良くやろうぜ」

「いや、いや、あんたみたいな人殺し」

「人殺し? それを言うなら、黙って見ていたお前さんも、人殺しの共犯者だろう?」

「いえ、私は手を貸した覚えはありません」

「もう遅いんだよ。金の延べ棒はなあ、奥さんと二人で山分けだ。いや、奥さんとついに二人で一緒の暮らしだ。さあどうだ、どうだ」

と言いながら、田中はニヤっと笑った。

「いったいこれからどうするつもりなんですか?」

「どうするもくそもねえ、もうあの亭主はいない。今日からお前の亭主は俺なんだ。それでいいんだ。だからずーっとお前は俺の女房で通せばいい。いいか、これからも俺の言う通りにするんだ。二人だけの秘密だぞ」

と、その計画は恐ろしかった。


やがてあの火事騒ぎで吹き飛んだ屋根の修理に、工事屋が入った。

土壁も少し修理した。

すると、廃材が山ほど出た。

それを工事の業者がトラックに積もうとしている時、田中が言った。

「おう工事屋さん、悪いけどその廃材、あの裏の庭の井戸の中へ放り込んでくれねえかなあ。もう古井戸なんか危なくて物騒だ、あれ埋めてえんだよ」

「ああそうですか、いやこっちも助かります。じゃあ早速」

と業者は、その膨大な廃材や瓦や土砂などをその井戸の中に放り投げた。

「いやあよかった、これで、もう心配ねえ。古井戸は危なくてしょうがねえ、なんか間違いがあったらいけねえ。やあご苦労さん、ありがとう」

「いや、こっちも手間が省けて助かりました」

市郎を殺した田中は、

「ともかくこの大磯から出よう」

と冬子に持ちかけた。

その手始めとして、冬子に本社へ行って退職願を出させた。

「亭主は風邪をひいている、ちょっと寝込んでいると言えばそれで済むだろう。お前行って手続き取ってこい」

「あなたは？」

「俺なあ、俺はともかくどっか東京の郊外で家でも買って、そこでのんびりと二人で暮らそう。暫く様子をみるんだ」

やがて別荘の次の管理人の引継ぎも、二人はうまくやりおおせた。後任者は市郎のことなど知らない。

お茶を飲みながら世間話になり、

「いやあ、近くで火事があってえらいことでしたねえ」

「ハイ、うちがてっきり燃えたと思ってびっくりしましたよ」

と冬子。

「そうでしたか。いや、それより聞いた話ですが、下の家《うち》、あの燃えた家《うち》の老夫婦が殺されて宝石を盗られたっていう話は本当なんですか?」

「ええ、そんな話あったわ」

とだけ冬子は答えた。

「いやいや本当に物騒な世の中ですねえ」

と、後任者夫婦は顔を見合わせた。

ともあれあの日あの時、この田中という男は、その火事騒ぎの後に冬子の屋敷へ強盗に入ったのである。

そして、市郎を殺して冬子を自分のものにし、しかもおまけに金塊まで手に入れたのである。

やがて二人は調布の野川の畔《ほとり》に一軒家を借り、そこで静かに暮らし始めたのだった。

だが、冬子は落ち着かない。

あれから人前に出るのが怖く、もっぱら庭に花を植え、花壇を作り、小鳥を飼い、外出はなるべく避けていた。

日常の買い出しも日が暮れてからスーパーへ食料品、雑貨を買いに行く程度で、近所付き合いはいっさいない。

そして、新しく夫となった田中はそれこそ一日中ぶらぶらと寝そべっていたが、昼日中《ひるひなか》から「おーい」と冬子を呼んでは挑んできた。真昼間からセックスである。

あのアパートで冬子を犯した強引な男が、今も嫌がる冬子を無理やり手籠めにして、自分の欲望を満たしているのだ。

そして、冬子もまたいつしか次第に応じるようになってきた。

仕事もしない田中は、暇がある、金もあるから、頻繁に競輪や競馬に行くようになった。

そんな時、留守を守る冬子は心配だった。

こんな生活がいつまでも続くはずがない。冬子にしても夫殺しの片棒を担いだという深い罪の意識があって落ち着かない。そして、田中から逃れられない現状に悩んでいた。

五

そして半年、一年と月日は流れたが、田中は相変わらず毎日ぶらぶらしている。

昼日中《ひるひなか》から妻に手を出し、浴びるほど酒を飲むぐうたらな生活が続いていたが、

そんな暮らしにも飽きたのか、
「おい、ちょっと出掛けてくる」
と夜、調布の町へ飲みに出て行くようになった。
だが却《かえ》ってそれが冬子にとって気が楽だった。だから咎めもしない。
そこは調布の街はずれ、線路伝《づた》いの小さなスナックの看板に英子の店とあった。
そこに田中は足繁く通い始めた。
スナックのママは年の頃なら二十七、八か、色白のぽっちゃりとした美人である。
無論、商売柄愛想が良く、すっかり田中は気に入って三日に一度は店の客となった。
そしてある夜のこと、田中が、
「若いのによくお店を一人でやってるね。いいパトロンがいるんだろう」
とママを冷やかすと、

「あら、そんな人いませんことよ」

ママは色目づかいで田中にビールを注ぎながら、面と向かってにっこり笑った。

「へえ本当かい。じゃあ俺がパトロンになるかなあ」

「あーら、いいわねえ。でも、私ってお金のかかる女よ」

「へえー、そうかい。この俺は、気に入った女にならお宝なんかいくらでも出してやるさ」

「まあうれしい、本当？」

「本当さあ、実はな、金の塊をしこたま持ってるんだ」

「あーら、今度拝ませてね」

「うん、欲しい物を何でも言ってごらん。何でも買ってやるさ」

と、田中はママの手を握って上機嫌だ。

「あーら、それなら今日はもう店じまいにしようかしら」

とママが、カウンターから田中の後ろに廻ったその時だった。

「ママ、来たよー」

と、酔っ払った客がいきなり入って来た。

「あらごめんなさい、今日はもう看板なの」

「なにー、俺を追っ払う気か。飲ませろ。金はいくらでもある」

と男はカウンターへ座ろうとしたが、田中が、

「もうそれ以上飲んだら体に悪いさ。ママの言う通り帰った方がいい」

と酔っ払った男の体に触れた瞬間、その男はいきなり田中の頬を力いっぱい殴った。

一瞬田中はたじろいだが、

「何しやがるんだ」

と殴り返して、二人は乱闘になった。

相手の男は気が狂ったように椅子を振り上げて田中に向かって来た。田中も負けてはいなかった。

呆然としていたママは、急いで電話に飛びつき、一一〇番をダイヤルした。

ちょうどその時、冬子は押入れにある金の延べ棒をそっと引き出し、後何本残っているかを確かめていた。

小さいほうの一キロの金は、もうほとんどない。後は途轍《とてつ》もない大物である。これはあまりにも高額で売りにくいだろう、と冬子は思った。

と、その奥にずしりと重い見慣れない袋があった。開けてびっくり、その中にはさまざまな宝石、貴金属が入っていたのである。

そこへ、いきなり電話がかかってきた。

「どなたですか？」

「私、調布にあるスナックのママなんだけど、お宅の旦那が今お店で暴れて暴れて、うちの中の品物みんな壊しちゃって、ともかく来て、早く来てー」

という悲鳴混じりの訴えである。

場所を聞いて、急いで調布のスナックへ駆けつけた冬子は、その店のママと対面して驚いた。

「え、あんたは！」

と叫んだまま、しばらくお互いに顔を見合わせた。

冬子の目の前に立っていたのは、あの英子であった。

「まあ、あんた久し振りじゃない。でもあんた、市郎さんと一緒になったって聞いているんだけど」

「いえ違います、市郎とは別れました」

「へえーそうでしょうねえ。あんたの旦那って言っているこの男は、市郎さんじゃないものねえ」

「はい、今の亭主は二度目の亭主です」

「そうなの？」

と英子の怪訝な顔。

冬子は平静を装って答えてはいたが、内心は狼狽《うろた》えた。とんでもない所であの英子と会ったと思った。

「ほら、ご覧の通りよ。ね、お宅の旦那、もう酔っぱらって他のお客さんになんか因縁をつけて、それで暴れ回ってほらこの始末。ね、こんなに店の物壊されちゃ、弁償してよ、弁償してくださいよ」

と、英子はえらい剣幕である。

「はい、申し訳ございません、すみません。さああんたしっかりして。帰るわよ、あんた」

と、冬子は田中を抱きかかえるようにしてタクシーを呼び、家に帰った。

そんな騒ぎがあってからというもの、田中は二度と調布へは行かなくなり、夫婦して又、怠惰な生活へと戻ってしまった。

その生活費の基《もと》である金の延べ棒だが、一キロの金の延べ棒は新宿のそれらしい業者に持って行って、何本となく金に換え、いまはもうない。

大きい延べ棒は十二・五キロもあり、売れば相場で一本四千万円以上と言われているのだが、なかなか売りにくかった。

押入れを引っ掻き回している時、黒い袋があった。見れば中に宝石が入っていた。

冬子は、以前その新宿の貴金属店の主人から、

「奥さん、金じゃなくても宝石でもあったらいい値で買いますよ」

と言われたことを思い出した。

田中が、いつどこでこんな立派な宝石を手に入れたのか冬子には分からない。しかもそれがどれ程の金目のものであるとも分からない。だから、もう小さな金の延べ棒が切れて、この十二・五キロの金の延べ棒を怪しまれても売るしかないと思っていたが、その前にこの宝石を持って、その貴金属店を訪れた。

「ええ奥さん、これは立派なやつだ。いい値で買いますよ」

と、宝石屋は言ってくれたが、冬子は質入れならまた戻せるからと思い、売らずに金を借りたのである。

彼女が帰った後、警察からの手配書をパラパラっと捲《めく》っていた宝石屋の主人は、あの貴金属と宝石が、神奈川県大磯町老夫婦放火殺人事件で盗まれたものと同じだと知った。

「これだっ。えっどうしてあのお奥さんがこんな宝石を持ってたんだろう……」

と訝しく思いながら、主人はともかく警察に一報することにした。

調布にスナックを構える英子は、以前は市郎とも付き合っていたが、ちょっとした金持ちと同棲し、手切れ金として貰った金でこの調布にスナックを構えていた。

そして、そこへ市郎に成りすましている田中が現れた。

しかも冬子は、田中が二度目の亭主だと言う。ならば市郎さんはどうしたんだろう、と英子は怪しんでいた。

冬子と市郎は一緒になったと思っていたのに、なぜ別れたのか、そんな疑問を英子は持ち始めたある日のこと、地元の警察の刑事が現れた。

「この間、ここで喧嘩があったんだって?」

「はい刑事さん、でも別に大したことないんですよ」

「で、どうしたい、店荒らされて弁償してもらったかい?」

「はい、ちゃんと弁償してもらいましたから」

「そうか、そんならいいけど。あの時の喧嘩の相手が警察にやって来てね、なんかちょっと傷を負わされたって言うんで、いったいなにがあったのかなと思って見に来たんだ」

「ああ、そうでしたか。それじゃああの相手の方、怪我されたんですか。まあそれならうちの方でもお見舞いに行かなければ」

「ううんいやあ、別に大した傷じゃないんだよ」

と刑事が帰りかけたので、英子は引き止めた。

「まあ刑事さん、お茶でもいっぱい上がってってください」

「うんそうか、そんなら呼ばれるか」

と、刑事はカウンターへ腰を下ろした。

「うん、時にマダム」

「はい」

「ほら、そのここで暴れたお客さんっていうの、柘植さん、柘植市郎さんかい?」

「いいえ、柘植市郎じゃないみたいですよ」

「えっ、何で？　柘植市郎になってるよ戸籍上」

「いいえ、柘植市郎さんとは別れたって、奥さん言ってましたよ」

「えっ、どういうこと？」

「いやあ、私もさっぱり分からないんですよ。あの時色々壊されたから弁償してもらわなければならないんで、すぐに奥さんに来てもらって現場を見てもらって、それでその時奥さんに尋ねたら、『市郎さんとは別れた。今のは違う亭主だ』と言ったんです」

「えっ、違う亭主？」

「はい。私も訳あって前の旦那さんの顔を知ってるんですよ。だから私もまったく何が何だかさっぱり分からないんです」

「そうかあ、すると今の人は柘植市郎さんじゃないんだね」

「はい、あの奥さんもそう言っていました」

「そうか」

と、刑事は何を思い付いたか、茶をグイっと飲み干すと急いで出て行った。

六

　それからしばらく経ったある日のこと、野川の冬子の家に刑事が二人訪ねて来た。

「ごめんください、柘植さん」

「はい」と答えて出て来たのは冬子である。

「ご主人はご在宅で？」

「はい、おります」

　という言葉を待って玄関に入って来た刑事は
「実はご主人に話があるんですがね」と切り出した。

「えっ？」

「奥さん、あなたのご主人の本名を知りたいんですがね。教えてくれませんか？」

「うちの主人の……」

「はい。柘植さん、ですか？」

「はい、そうですよ」

「そうですかあ、柘植さんですね？　間違いなく柘植市郎さんですね？」

「はい」

「分かりました。では、ともかくご主人に会わせてください」

この騒ぎに二階から降りて来た田中は、刑事を見て顔色を変えた。

「あんた、これに見覚えがあるだろう？」

と、田中の目の前に出されたのは、この間冬子が新宿の貴金属店に持って行った宝石の数々である。

「えっ、これは、いつ、いつ……」

「これ、奥さんが質入れしたんですよ」

「ええっ」

「奥さん、これ旦那さんのもんですね？」

「はい。あなた、ごめんなさい。私が黙って……」

と冬子。すかさず刑事が、

「お宅たち、以前大磯に住んでいましたね？」と言う。

「はい」

「さあ、もう調べがついてるんですよ、正直に話してください、いいですか。あの時、大磯で火事があって、老夫婦が殺されて、その時奪われた貴金属、それが実はこれなんですよ」

「ええっ」

とびっくりする冬子に構わず、刑事はたたみかけた。

「そう、どう見ても現場が近い、そしてこの宝石、あの放火殺人。これはあんたたちの仕業だな。さぁ、署へ来てもらいましょう。話はそこでじっくり聞きましょう」

「いえ、私たちは、そ、そんな馬鹿なことを」

と、冬子は抗弁しようとしたが、二人の刑事は委細構わず田中と冬子の腕を掴んで表に引きずり出した。

そこにはパトカーが待機していたが、田中はいきなり刑事の腕を振り切って逃げ出した。

「待てー、待てー！」

と刑事たちに後を追われた田中が、野川の橋に差し掛かった時、その前方から応援の警官も駆けつけて来た。

挟み撃ちになった田中は、思い余って橋の上から野川に飛び降りると、膝下まで水に浸かりながら懸命に走った。

「待てー、待てー、待たないと撃つぞ！」

だが、田中は必死になって逃げていく。

「ダァーン！」

一発の銃声が空にこだました。

と、田中はその時、石に躓《つまず》いたのかばったりと倒れた。

田中は、それでも四つん這いになって水の中を必死になって逃げたが、川の深みに塡《は》まって頭からすっぽり水を被り、やがて動かなくなった。

現場に駆けつけた刑事と警官の検証が始まった。

田中は大量の水を飲んでのショック死だった。


その翌日、大磯の屋敷の裏庭に大勢の人々が集まり、あの古い井戸を取り囲んでいた。

警察関係者と作業員、そして手錠をはめられた冬子もいた。

大型のクレーンが、唸りを上げて古井戸から土を、瓦を、廃材をどんどん掻き出していく。

そしてズルズルズルズルっと、あの古い布団がクレーンで持ち上げられると、裏庭の湿った土の上にグチャリと放り出された。

その布団の次にクレーンが持ち上げたもの、それは市郎の変わり果てた遺骸だった。

「ギャァー！」
強張《こわば》った顔の冬子の後ろで叫んだ女、それは英子だった。

完

偶発

「偶発」といわれるような事件は、日々いたるところで起きている。

その最たるものは、あの交通事故であろう。

信号無視、居眠り、スピード違反、さらに恐ろしいのは認知症のドライバーが高速道路を逆走してくること。

それは「偶発」という名の凶器である。

あの東日本大震災の時、福島の原発が大爆発し、放射能漏れを惹き起した。

この大事故を「偶発」と片付けてしまう。しかし、果たしてそれは本当に「偶発」であろうか？

さらに日々起こる事件としては、人混みの駅のホームからの転落、そして医療ミス、トンネルの崩壊、観光バスの激突とそれこそ枚挙にいとまがないが、それらははたして偶然の出来事だろうか？

この、日々平穏な暮らしを希う庶民にとってもっとも恐ろしいのは、戦争である。

「戦争」それは銃声一発の「偶発」から始まり、そして大戦となり、多くの犠牲者が出て悲惨などん底へと突き落とされるのだ。これは決して絵空事ではない、恐ろしい現実である。

さてこれから語る物語の主人公菜摘は、今年二十七歳であるが、今から三年前に、春美から突然呼び出された。

春美とは、高校時代からの友達である。

といっても菜摘にとっては悪友であったから、あまり付き合いたくない相手だが、それがいきなり電話をかけてきて、

「ねえ、菜摘、明日合コンなの、一人足りないのよ。きっと来てくれるわよね」

と、いきなりの催促である。

ちょうどその頃、大手の商社に勤めている実直なサラリーマン時夫も、同僚からやはり同じことを言われていた。

「明日一人足りないんだ。頼むから付き合ってくれよ」

と誘われ、同じ合コンに加わることになったのである。

時夫も三十半ばである。だから内心期待するものがあった。これまで幾度とな

く合コンに参加したが、仲々思うにまかせず、だからこそ今回はと時夫はその日を期待していた。

それから数日後、新宿のとあるホテルの一室を借りて、男女五人ずつの顔が揃った。

その時、たまたま菜摘と時夫は端っこの席であったが、向かい合わせた。菜摘はほとんど時夫と目を合わせず、だが時夫は、菜摘の顔立ちを見て好意を抱いた。いかにも優しい物腰である、時夫は、ワイングラスを手にして自分の脳裡の中で、早くも卑猥な妄想が浮かんで来るのを覚えたのだった。

さて、他の四人は合コン慣れしているのか、互いによくしゃべる。

そして時間が経つにつれそれぞれ意気投合し、

「そろそろお開きだ」

と、腕を組んで出て行った。

そこで二人だけ取り残された時夫は、菜摘に初めて声をかけた。

「どうです、僕たちもお茶を飲みに行きませんか？」

近くの喫茶店に入ったものの、二人は口数が少ない。

時夫は、もじもじしながらも思い切って切り出した。

「どこかお勤めですか？」

「いいえ、家事手伝いです」

「え、家事手伝い？」

と聞き返した時夫は、少し驚いたようだった。

そう答えた菜摘は、じつは今はコンビニの店員である。

高校を出てから人材派遣、パン屋の手伝い、ラーメン屋、そしてコンビニ店員と転々としていた菜摘だが、いつの間にか二十四歳にもなって、正直に、

「今コンビニで働いていています」

とも言えず、つい家事手伝いと言ってしまったのだった。

時夫は「家事手伝い」という言葉を聞いて、この娘さんきっと裕福なんだろうなあ、と思った。

金持ちのお嬢さんが、結婚前の準備のために家事見習い中、そんな風に受け

取ったのである。

菜摘に好意を抱いた時夫が、

「次の日曜日、また会ってくれませんか」

と言うと、菜摘は断る理由もなかったので、「はい」と返事をし、それから二人は何度となく日曜日に映画を観たり、お茶を飲んだりして時を過ごした。

そして付き合い出してから三ヶ月ほど経ったある日のこと、突然時夫は喫茶店で切り出した。

「菜摘さん、僕と結婚してくれませんか？」

「え？」

菜摘は驚いた。いきなりのプロポーズである。

菜摘は母と妹の三人暮らしで、幼い頃父は家を出て行き、母は女手一つで二人の娘を育ててきた。一時生活保護を受けていた貧困母子家庭であった。

だが、菜摘が高校を卒業し勤めに出ると生活保護は打ち切られた。

以来、職を転々として落ち着かない菜摘だったが、その時いきなり時夫から結婚を申し込まれ、そこで初めて菜摘は本当のことを打ち明けた。

家が貧しいこと、そして今結婚なんて考えていないことを、率直に語ったのだ。

だが、その率直な気持ちが、時夫の胸を打った。

「僕だって派手に結婚式なんてやる気はありません。だから、僕の両親に会ってください。それだけでいいんです。二人が一緒になった後は、無駄な金を使わず貯めときましょう。そして堅実な家庭を築いていきませんか。ね、菜摘さん」

そこまで言われて、菜摘も「はい」と答えた。

信州松本にいる時夫の兄が、両親の面倒をみていたので、そこへ挨拶に行って二人は結婚した。

時夫はそれまでアパート暮らしであったが、この際思い切って全財産をはたいて三鷹の中古の一軒家を買った。

「いつか子供を作って、この家を賑やかにしよう」

と熱っぽく語る時夫に、菜摘は、

「こんな実直な人と結婚できるなんて」と女の幸せを噛みしめ、毎日毎晩夢のような甘い感覚に酔いしれていた。

だが、幸せであればあるほど菜摘には一抹の不安が襲ってきた。人生何があるか分からない。この幸福の絶頂にいつか突然不幸が訪れる予感がしてならなかった。

しかしそんな心配をよそに、菜摘は毎晩時夫の情熱に応えて女の悦びを堪能し、爆睡する夜が続いた。

そんな時、三年振りにあの悪友春美から電話がかかってきた。

「おめでとう結婚したんだってね。でもどうして私を結婚式に呼んでくれなかったの？」

「結婚式なんて挙げてないの。ただ書類を出しただけ」

「そうなの、でもおめでとう、良かったわね。そのうちお祝いに行くからね」

と、電話は切れたが、この忘れかけていた春美の、

「そのうちお祝いに行くから」

という言葉が、不吉な予感の前触れのような気がして、菜摘は不安でならな

かった。

菜摘と春美の腐れ縁は、高校二年の秋にまで遡る。

当時、巣鴨に住んでいた菜摘は、春美やその友達とよく盛り場へ遊びに出かけた。しかし近場の大塚、池袋などは相手にせず、いつも渋谷に繰り出していた。

その日も三時に「１０９」の前でという約束だったが、時間になってもなかなか春美が現れない。すでに三十分も過ぎたので、「どうしたんだろう」と、携帯にかけてみたが何の連絡も取れない。

菜摘がじれったがっていると、ちょうどその時、

「お嬢さん、お茶飲みに行きませんか？」

と、いきなり中年の男に声をかけられた。

「いえ、私、友達と待ち合わせなんです」

と菜摘が憮然として答えると、

「そうですか」

と、男はすーっと去って行った。

さらに十分ほど春美を待ったが、来ない。

もう諦《あきら》めて立ち去ろうとしていると、「どうでしょう」と言いながら、さっきの男がまた、すーっと寄ってきた。

「お茶でも飲みに行きましょうよ。私も実を言うとね、待ち合わせをすっぽかされて頭に来てるんですよ」と言う。

自分でもよく分からなかったが、菜摘はこれといった拒絶をすることもなく、二人は近くの喫茶店に入った。

男は、自分は車のセールスをやっているということ。そして、先月ずば抜けて成績が良かったので、会社から今日特別賞として現金二十万円をもらった。だから嬉しくて友達に奢るつもりでこの渋谷で待ち合わせをしたのだが、肝心の相手が来ない。

「そんな時、たまたまおたくを見てね……そう、ごめんなさいね、いきなり声をかけたりして」

と説明するその男を菜摘は改めてよく見たが、そんなに悪い感じではなかった。男は胸ポケットからその特別賞与という二十万円の封筒をそっと取り出し、ピン札を数えながら、

「いやあ、今日は奢らせてくださいよ。なんか美味しいものでも食べに行きましょう」

と言うので、

「でも、私ご馳走になる理由が……」

と菜摘は断ったのだが、

「いや、いや、僕は嬉しいんですよ。誰かに奢りたい気持ちなんです。奢らせてください、奢らせてください。一人でレストランに入っても面白くない。お願いしますよ」

と執拗に食い下がる。

その誘いを断るのも悪いと思ったし、ちょうど夕食時だったので、どこで食べるのも同じことだと思った菜摘は、

「分かりました。いいですよ」

と答えて、男と一緒に少し歩いて、とあるこぢんまりとしたレストランに入った。

菜摘はあまりナイフ、フォークを得意としていなかったが、それを見てか、男がボーイを呼んで箸を頼んでくれた。

日頃めったに口にしたことのないこの洋食の料理は美味しかった。

「どうです？」

「はい」

「ああ良かった、満足してくれて良かった。いやあ誘った甲斐があった。良かった良かった」

と、男は美味しそうにビールを空けている。

食事を済ませた二人は、表へ出てまた少し歩いていると、男が、

「ねえ、ちょっと休んでいきませんか？」

と言うので、目の前を見るとそこにホテルがあった。

この男、決して悪い男ではない。

しかし、こんなところへ見知らぬ男と一緒に入ってはいけない。それは十分菜摘も分かっていた。

だが、菜摘にしても多少の好奇心があった。少し躊躇していたが、いざとなれば逃げればいいんだという安直な考えで、彼女は彼の後についてホテルへ入った。

そして部屋に入るやいなや男は、奥にある浴室を覗いていきなり、

「ねぇ、シャワーを浴びませんか」

と言い出した。

「いや、結構です」

「そう、じゃあ僕こんなに汗かいてるから」

と、素早くワイシャツを脱いで、

「ちょっと待っててくださいね」

と言いながら、男は勝手にシャワールームへ入っていった。

それからまるで「烏の行水」のように素早く上半身裸で出てきた男は、冷蔵庫

からビールを取り出し、旨そうに一気飲みをすると、あの封筒の中からいきなりピン札五枚、五万円を抜き取って、

「ねえ、お願いします。一回、これでどうです」

と言った。

その意味はうぶな菜摘にも分かったので、

「とんでもない、そんなことできません」

と首を横に振ったのだが、内心はどうしていいか迷ってしまったのだ。

「お願い、お願いしますよ」

と目の前に札を出されて、一瞬、菜摘が躊躇しているその隙に、ドーッと男は襲いかかってきた。

「いやぁー！」

と声をあげる暇もなく、男の動作は素早かった。

初めての体験、初めての男だった。しかしほとんど痛みは無く、出血も無かった。無我夢中で、何が何だか分からないうちに終わってしまった。

菜摘は、ただ茫然とするばかりだった。

そして不思議なことに、なぜだかこんな時になって、いつか観たテレビのドキュメンタリー番組を思い出した。

普通の女子高生が、一時間いくらのバイトで会社帰りのサラリーマンと手をつないだり、一緒にそこらを歩いたり、ごく日常的な会話をしたりして時間をつぶし、やがて喫茶店に入る。

そして男から、

「三万円でどう？」

と言われた女子高生は、「うん」と頷《うなず》く。

十八歳未満は「ＪＫリフレ」で働けず、高校生がこうして散歩というアルバイトで稼いでいるのだ。

テレビ番組は続く。不成立に終わったのか、喫茶店から出てきた若いサラリーマンにマイクが向けられた。

「どうでした？」

「いやあ振られちゃったよ。もっと金を出せって。今の女の子チャッカリしているからね」

「なぜ、高校生を選ぶんですか？」

「そりゃ、十八歳を超えた子と遊ぶより、それ以下の女の子の方が面白いんだよ」

サラリーマンは、あっけらかんと答えた。

そんなドキュメンタリーを観たとき、菜摘は、アルバイト感覚で身体を売っているいまどきの女子高生を軽蔑し、なんて情けない話だと思っていたが、なんのことはない、自分もまたその巷《ちまた》の女子高生と同じことをしてしまったのだった。

菜摘は、遅まきながらつくづく後悔の念が走った。

あの悪友春美から、男と女の関係、特に、女子高生がアルバイト感覚でお金を稼いでいるという話をよく聞かされていた。もちろんあの春美も、その経験者だった。

それだけではない。もっと凄い話もある。

春美は教室で良子と若い担任の先生を争って、良子は担任の先生の子供を孕《はら》んだ。

やがて二人は学校を去ったが、しかし競争に敗れた春美は、それから自暴自棄になったのか、やたらと男を漁《あさ》っているように菜摘には見えた。

そしていつか春美から、

「どうあんた、援助交際やってみない？」

と声をかけられたことがある。

しかし、菜摘は断った。

まだ、高校二年生である。この自分の身体を許すのは、本当にお互い好き合って愛し合って、そしてそれから身体を許すのが菜摘の理想であり、夢であった。

だからいくらお金が欲しくても、援助交際なんて絶対にやるものか、と断ってきたのだが、しかし今、現実に見知らぬ男から五万円を見せられ、菜摘はなんと自分の身体をあっけなく売ってしまったのである。

そして菜摘は、案の定激しい後悔の念にかられた。

それなのに彼女は、次の土曜日もこの男と会う約束をしてしまったのである。金欲しさと思われるのは悔しかったが、自然と足は渋谷に向かっていた。

そして菜摘は、あの１０９で男を待った。

しかし男は、約束の時間に現れない。

菜摘は、次第にイライラしてきた。

きっと五万円が惜しくなって来ないのだろうと思った。

だが次の瞬間、あの男が走ってきた。

「ごめんごめん、仕事がちょっと押しちゃってね。ごめん、連絡とろうと思ったけど、ほら、君の携帯番号知らないし。いやぁ良かった。いてくれて良かった。いや、ありがとう、ありがとう」

といい訳をしながら、男は汗を拭《ぬぐ》った。

そして、二人はまたしてもあのホテルへと向かった。

冷蔵庫からビールとつまみを取りだした男は、しきりにビールを勧めたが、菜摘が断ってジュースを飲んでいると、男は、

「ね、約束だよ」

と、早くも迫ってきた。

菜摘は目をつぶった。

男の激しい息づかいとビールの臭いが、ぷーんと鼻を刺した。

そして男の分厚い唇が、菜摘のそれに迫ってきた時、彼女は一度は顔を背けたが、ついに許してしまったのだ。

事は終わった。

男はまた額の汗を拭《ぬぐ》いながら、財布を取り出したが、ビックリしたような声を出し、

「あ、いけねぇ、しまった。あ、あ、うっかりした。一枚しかない。ごめんごめん、ごめんなさい」

と、菜摘に謝った。

「うっかりだった！　今日友達に昼間、そう、貸しちゃったんだ。ごめんごめん、一万しかない。今度、今度、今日の四万、そして次の五万、合わせて九万、必ず、

必ず払う。だから今日はこの一万で勘弁してください」

と、男は、何度も何度も謝った。

菜摘は答えようもなく黙っていたが、そんな自分がただただ哀れに思えた。

それから一週間後、今日はあの約束の九万円欲しさに、菜摘はまた渋谷109の前で立っていた。

そして間もなく、あの男が悠然と現れた。

「待った?」

「いえ」

「うん、じゃあともかく今日は先に食事しようよ」

と言うので、夕食には早かったが、ともかく軽くお腹に入れようと誘われ、二人はBunkamuraまで足を伸ばし、和食の有名な店に入った。

料理は美味しかった。

男から、

「味はどう？」

と言われた菜摘は、

「美味しかったです」

と答えた。

食事を終わらせるとまたあのホテルである。

今日はどうしても九万円をもらわねばならない。

男は前にも増して、何度も何度も菜摘の身体を求めた。二人は全身汗びっしょりで、情事に夢中になった。

この弾むような女子高生の身体に男は満足し、事を終えてビールを飲みながら、ゆっくり財布から一万円札を取り出した。

「一枚、二枚、三枚、四枚……あれっ？　四枚しかない！　ごめんごめん、また、また約束破っちゃった。ごめん」

男は、また前回のように謝った。

「今日はこれしかない。ごめん、君を騙すつもりじゃないんだ。実を言うとね、僕は安月給取りでね、一回五万円なんて贅沢な遊びはできる身分じゃない。だからもうこれっきり。残念だけどこれっきりだ」

と、男は悲しそうに土下座して、菜摘の前に手をついた。

菜摘は、呆気にとられた。

この男、五万円をドロンするつもりなんだなと思った。

しかし菜摘は、この平身低頭する男の姿を見て、決して悪い男ではないと思った。

しかも、これっきりというのも寂しかった。だから菜摘は、

「いえ、私、お金のためにこんなことをしているんじゃないの。だから、だから付き合ってください」

と、思わず言ってしまった。

「えっ？　ホント？　嬉しいなぁ、嬉しいよ。いや、残りの五万円、きっときっと今度払う。ありがとう、ありがとう。菜摘さん、じゃあこれからずっと付き合ってくれるね」

思わず「はい」と、頷いてしまってから、菜摘は、どうしてこんなことになってしまったのだろうと自問自答を繰り返した。

菜摘も高校二年生。ボーイフレンドの一人や二人は欲しい年頃である。

だから、そんな気持ちがこの男と毎週土曜日にお金抜きで会ってセックスする約束となってしまったのだろうか。

そしてそれからは、ホテルで時を過ごせば一回二万円となり、その埋め合わせのつもりか、男は時々デパートに寄っては安物のハンドバッグや靴などを買ってくれた。

やがて、菜摘は何となくアルバイト感覚でこの男とズルズルズルズルと付き合うようになってしまったのです。

そして、夜にはあの男の感触を思い出しては、悩ましくて眠れない日もあった。

そんな時、あの春美が久しぶりに訪ねてきた。

「アンタ、近頃羽振り良さそうね」

「いえ、そんなこと……」

「隠したってだめよ。みれば分かるんだから。アンタ最近ほら、胸のあたり腰つき、半年前よりずっと色っぽくなって、艶っぽくなって」

「えっ」

「いい人捕まえたんでしょう」

「いえ、そんな」

「まあアンタ、ほら持ち物だって新品じゃないの」

と、春美の目は鋭かった。

それからしばらく経ってのこと。あの「土曜日の男」からいきなり電話があった。

喫茶店で落ち合うと、男は悲しそうな目つきをしていた。

聞けば、今度北海道へ急に転勤とのこと。そうなると少なくとも三年は帰れないという。

「菜摘さん、俺悲しいよう。会社を辞めようとさえ思ったんだ。でもできない。だから当分会えない。お別れだ」

と、男は涙を浮かべて菜摘との別れを惜しんでいた。

それからというもの、菜摘がいささか暇を持て余していると突然、春美から電話があり、

「ねぇ、会ってみない？　紹介するわ。良さそうな人よ」

と言うので、言われるがままに三人で喫茶店で落ち合うこととなった。

相手は学校の先生タイプの堅そうな男である。

「へぇ、高校生？　じゃ、今度大学ですね」

と言われた菜摘は、「はい」と思わず返事をしてしまった。

当時の菜摘は高校三年で、この年頃は本当にボーイフレンドが欲しいのだ。

こんな初老の男を相手に援助交際なんて思いも寄らなかったが、土曜日の男がすっかり尾を引いてしまったのか、菜摘は春美の口利きにあっさり応じてしまったのである。

彼女は、小遣い欲しさという出来心から春美の口車に乗った自分が恥ずかしかった。

しかし、男はまるで父親のように優しく、物静かに語りかけてきた。

「そうかあ、高校三年なら今度は大学だね。なら、色々お金がかかるでしょう。援助しますよ。アンタみたいに若くて美しい人なら、大学資金いくらでも援助しますから、私に任せてください」

と、その男は熱心だった。

男が喫茶店を出た後、春美は菜摘にそうっと耳打ちをした。

「ほら、大学資金いくらでも出すと言ってるでしょう。これはうまいカモじゃない。ね、乗りなさい、乗りなさいよ。これはね、絶対話を進めた方がいい。私がちゃんと段取るからね！」

と、やたら乗り気になっていた。

初老の男との約束は、一週間に一回、日曜日に会うということだった。

そして彼は、あの土曜日の男とは違って、ガツガツ迫って来ることはなかった。

男は話し相手が欲しいようだった。時には芝居、映画、コンサートなどに二人で出掛け、それから食事をするだけで、男は楽しそうであった。

聞けば、奥さんがちょっと具合が悪くて寝ているとのこと。

「だからアンタと一緒にいると、まるで娘みたいで本当に楽しいんですよ」と、初老の男は言った。

付き合いだしてから三ヶ月経った頃、Ｂｕｎｋａｍｕｒａのシアターコクーンで芝居を観た帰り道で、初めて初老の男が菜摘をホテルに誘った。

じつは菜摘は、この日を密かに待っていたのである。

というのも、あの北海道の男と別れて以来、彼女のあの月のものがピッタリと止まっていた。

女として初めて生理が止まった。「いや、もしかして」と、菜摘はそれが本当に不安でならなかった。

もともと彼女の生理は遅かった。友達は早い方で小学六年生、遅くともみんな中学の間に生理があったというのに、菜摘は全然なかった。

母親も、案じてくれた。

そして、一度医者に診てもらおうかと思った高校一年の時、初めてそれがあった。

だから菜摘は、これで女として一人前と思いほっとした。

それから、あの土曜日の男との付き合いが始まり、最近生理が止まったのだった。

だから、初老の男との援助交際を利用して、いざという時にこの男に責任を押しつければ、それでことが済むという悪い考えを、菜摘は持っていたのである。

初老の男も、妻は病弱でついに子供を産めなかったが、まだまだ自分は体力があると信じていた。

そして、この娘というより孫のように若い菜摘、それに自分の子供を宿してみたい気持ちが強かったのである。

だが、それにはその間、三ヶ月という時間がどうしても欲しかった。

だから、はやる気持ちを抑えて男はこの日を待った。

そして、菜摘をやっとホテルに誘ったのである。

彼女を連れ込んだホテルのその部屋で、男はいきなり封筒から分厚い札束を出しながら言った。

「はい、これ全部アンタのだよ。大学入るのに色々と物入りでしょう。ここに五十万円入っている。だからこれを思い切って使ってください。何でもいい。アンタの自由に使っていいから」

菜摘が驚いて、

「だってこんな大金、受け取れません」

と言うと、男は、

「いやぁ～いいんだよ。大学なんてのはなぁ、入学金諸々色々と金がかかるんだよね。その時には、またその都度私が世話をする。まぁこれは当座のお小遣いと思って取っておいてください。自由に使ってください。で、ともかく今日はこれからお願いしますよ」

と、その時初めて菜摘の手を取った。

それから二人は週に一、二度会うことになり、その都度、初老の男は菜摘を求めてきた。しかし、あまりしつこくはなく、いつも親切であり、これが援助交際というものだと思って、菜摘はこの初老の男を受け入れていた。

彼女の生理は、いつの間にかまた再開していたので、菜摘はこれで男をだます必要もなくなったとホッとしていた。

男はそれからはあまり大学入学の話はしなかったが、月々の手当ははずんでくれた。

ともかくこの頃の菜摘は、高校を出てからコンビニのパートでこれといった仕事にも就かず、初老の男から小遣いをもらって生活をしている有様であった。

菜摘は、こんなことではいけないと思いつつ、なかなか踏ん切りがつかないまま、この援助交際は一年近く続いたが、ある日突然、初老の男から思いがけない言葉を告げられた。

「じつは、女房がどうも具合が悪くてね、信州の穂高の方の療養所に行くことになった。私も勤めを辞めて妻に最後のご奉公ということで、付き添うことになったんだ。だから、せっかくお互いにうまくいっていたけれど、これでお別れだ。色々ありがとう。楽しかったよ」

と言い残して男は寂しく立ち去って行った。

このように過去の高校時代の菜摘には、この初老の男とその前の「土曜日の男」との関係があったので、その乱れた日々を思うと、なぜか不安に駆られることもあった。

だからこそ今の平穏な夫との幸せな生活がいつまでもいつまでも続くことを祈らずにはおられない。

最近の夫は、毎日欠かさず実直に夫婦関係を続け、休んだことがない。そして、早く子供が欲しいと口癖のように言っていた。

菜摘もそれに応えて尽くしたが、いっこうにそんな兆候は現れない。

そんな時、夫が福岡に一週間出張することになった。

「寂しいよぉ～、本当に一週間も空けるなんて。君も気をつけてくれよ。今、ほら強盗とか色々物騒だからね」

と、言いながら夫は、初めてあの寝室にある頑丈な小さな金庫を開けてみせてくれた。

中には書類が詰まっていた。

「ほら、この書類の奥に現金百万円が帯封して入っている。これはねえ、いざという時のために用意しているんだ」と菜摘に解説してから、夫は出張に出て行った。

その明くる朝、掃除をしていた菜摘は、あの金庫が気になって仕方がない。そこでとうとう覚えたばかりの暗証番号を使って恐る恐る開けてみると、中にピン札の百万円が入っていた。

初めて見る百万円の実感。

「この一万円札が百枚で百万円なんだ」と呟きながら、菜摘は、それをずっと手掴みにして、その感触を味わっていた。

さらに金庫の奥を見ると、古い処方箋の中に薬が入っていた。内容は睡眠剤とニトログリセリンで、名前は時夫になっている。

もう、日付は相当前の薬だったが、こんなものを捨てずに、よくまあしまっておいたものだと思いながら、菜摘は金庫を閉めた。

その日の午後になって、玄関のドアがピンポーンと鳴った。

「どなた?」

「私、春美よ」

突如あの春美が現れたので、菜摘は驚いた。

「結婚おめでとう、新居を見せて」

と言いながら勝手に家の中に入って来たが、驚いたことに、春美一人ではなかった。連れの男がいた。

「紹介するわ。私の彼よ。ほら、アンタによく言ってるでしょう。こちらが菜摘さん。美人でしょう」

「やあ、本当に美人だなぁ」

と、その三十ぐらいのヤクザ風の男はおどけてみせると、

「へぇ〜、いい家に住んでるじゃねぇかぁ〜」

と言いながら、二人で部屋の中を見渡した。

しかし、これといって立派な家具があるわけではない。

だが、二人はともかく結婚祝いと称してショートケーキを持ってきた。

春美は「一緒に食べましょうよ」と、テーブルの上にそれを置いたが、男は、

「俺、甘いのあまり好きじゃねぇんだぁ。ビールないかい」

と、平気でビールを要求するので、仕方なく菜摘が、

「はい、缶ビールですよ」

と柿の種と一緒に差し出すと、

「おう、ありがとよ」

と言いながら、男は、グイグイっと美味しそうに飲んだ。

「俺、ケーキは苦手でね。こいつは根っからの甘党。本当に俺それだけが性に合わねえ」

と注釈を入れながら、男は缶ビールを二本、三本と飲み干してご機嫌だった。

だが、その日はそのまま二人は帰って行ったので、菜摘はホッとした。あの二人、何かあって来たのではないかと彼女には多少不安があったのである。

しかし、その不安が的中するのは明くる日のことであった。

朝、ピンポーンと玄関チャイムが鳴った。

「どなた?」

「俺、ごめんなさぁーい」

と男の声である。

「えぇっ!」

まさかと思ったが、あの春美の男が現れた。

「ちょっと、ちょっと、入れてくださいよ」

「え? 何かご用」

「いやぁ、えらいことになっちゃってね。昨日、帰り道、あいつバイクにはねられてね。大怪我、大怪我してそれで治療代何とか貸してくれないかなぁ。少し拝借できないかなぁ。春美もアンタしか頼れる人がいないんだよ」

と、それはあまりにも意外な話だった。

バイクは当て逃げして犯人は分からない。そして医療費がかかるが金がない。

だから、必ず返すから貸してくれと男は頭を下げた。

「でも、私に自由になるお金なんて無いんですよ」

と、菜摘は断った。

すると、男の態度がガラリと変わった。

「おう、そうかよ。えぇっ、こんなに頼んでも聞いてもらえないのか。ふん、知ってるぜアンタの過去。随分、えぇ、男をたぶらかしたそうじゃねえか。えぇ、援助交際、知ってるんだぜ。もう春美から全部聞いて知ってるんだ。それをアンタの旦那にしゃべったらどうなる。えぇ、旦那だっていい気持ちはしねぇだろう。だからどうだい、ここは一つ黙って幾らか金貸せよ」

「でも、そう言われても」

「そう言われてもじゃあ、らちがあかねぇ。なんか、金目の物でもいいんだよ」

と、男はさらに凄んでみせると、いきなりズカズカと寝室まで入ってきた。

そこには例の金庫があった。

「おい、こいつを開けてみろ。開けてみろってんだ」

「いえ、ここには何もありません」

「何もねぇなら開けたっていいじゃないか。開けて、見るだけだけだよ」と迫ってくるので、もう仕方なく菜摘は金庫を開けた。

「ほうら見ろ、なんだこれ、百万あるじゃねぇか。えぇ、これは頂いて行くぜ」

「いえ、だめ。そればっかりはだめ。夫に知れたら、私がどんなに叱られるか分かりません。だから、だからお願い。見逃してください」

「見逃せって。こりゃぁ現物見て黙って帰れるわけがねぇ。そうだろう」

「でもそれがなくなれば私、主人から責められます」

「そうかぁ〜、そうだろうなぁ。百万円何に使ったって、そりゃあ旦那怒るだろうなぁ。よーし、ならこうしよう。どうだ」

と、その時やくざの男はえらいことを切り出した。

明日、改めて出直すというのである。

「どうだ、狂言強盗だよ。俺が強盗に入る。アンタは手足を縛られる」

「えぇっ！」

「金庫から金を奪われる。そうすりゃあ、亭主に言い訳つくだろう」

と、あまりのことに開いた口がふさがらない菜摘、それにしても百万円は大金だが、自分の過去が夫にバレるより、ここは耐えて、と覚悟を決めるのだった。

男は、

「明日夜八時に改めて出直す。無論、警察に知らせたら承知しない。分かってんだろうなあ」

と念を押して帰って行った。

もうどうすることもできない。


そして、その朝、またピンポーンと音がする。

「え、まさかこんなに早く」

と、ドアを開けると、それは宅急便だった。

「すみませーん。隣の山下さんちのですが、預かって頂けないでしょうか」

隣のうちは共稼ぎで、奥さんは大手の会社に勤めている管理職である。

旦那さんは菜摘の夫と同様出張中とのことで、今までも何回となく宅急便を預かったことがあった。

だから、宅急便のお兄ちゃんも勝手知ったる菜摘のところへ山下の荷物を頼みに来たのだった。

菜摘は、

「はい、いいですよ」

と受け取り、昼近くになって山下の会社へ電話した。

「宅急便を受け取りました。何時頃取りに来られます？」

「いつもいつも申し訳ありませんね。今日は遅くて午後八時頃になりますが、どうぞよろしくお願いします」

という返事に一瞬菜摘はビックリしたが、

「はい、待ってます」

と、電話を切った。

偶然にもそれはやくざの男がやってくる時間だ。

何があるか分からない。何が起こるか分からない。そして、その時刻が刻々と迫ってきた。

八時ちょっと前、あの男がピンポーンとチャイムを鳴らしてやってきた。

男には、連れがあった。

「ちょっと早いがよう、やって来たぜ。兄貴、まあ上がって」

と、男はまるで自分の家のようなことを言う。

兄貴と呼ばれる男、それはもっと本格的なヤクザらしい人相の男である。

「へぇ、ここかよう。いい家じゃねぇか。え、そう言えばお前すげえなぁ、いいカモ見つけたなぁ。ロハで強盗か。すげえすげえ」

「ええ兄貴、うまく段取っておりますから、百万円頂きです」

「すげえなぁ。お前、腕がいい」

と、二人は上がり込んできた。

「さあ、早速仕事にとりかかろうぜ」

と、男が言った時、とっさに覚悟を決めた菜摘は、やけに落ち着いていた。

「まあいいじゃないですか、そんなに急がなくても。もう話はついているんですから、一杯飲んでいったら」

と、冷蔵庫からビールとチーズを取り出して食卓に並べるとヤクザたちは相好を崩した。

「へぇ、気が利いているじゃねぇかよ。兄貴、一杯飲んでやりやしょう。どうせ金庫を開けて頂くだけ、急ぐことはねぇ」

と、二人は遠慮なくビールを注ぎ合った。

そして、ビールが二本目、三本目になると、お互いに口も滑らかになった。

「しかしなぁ、三丁目のあそこをやる時は参ったなぁ。犬に吠えられて。しかし、四丁目はうまくいったなぁ」

「そうですよ兄ぃ。ロープで縛って、ありゃあごっつぁんでしたねぇ」

それを聞いた菜摘は驚いた。最近この界隈で強盗が頻発しているからご注意というチラシが来たのだが、その犯人は彼らだったのである。

その二人が、今日ここに、我が家にいるのだ。

時計はすでに午後八時を回っていた。

ピンポーン。

「あれっ、誰か来やがったな。誰だ？」

「はい、山下さんです」

「山下って誰だ？」

「隣のウチの奥さんです」

「何しに来た」

「宅急便、預かってるんです」

「しょうがねえなぁ。ちぇっ、じゃあ早く渡してやれ。俺たちのこと喋るんじゃないぞ」

黙って頷いてから、菜摘は宅急便の包みを抱えて玄関に出て、ドアを開けた。

「あらぁ、いつも済みませんねぇ」

と、明るい山下が、

「あのねぇ奥さん、ほら、銀座の高級なケーキを買ってきたの。二人で食べましょうよ」

と言って、そのまますーっと居間へ入ってきた。

だが、その居間にビールを飲んでいる人相の悪い二人の男を見てビックリ。

「あら、ごめんなさいね。お邪魔して」

と、踵《きびす》を返して帰ろうとした。

「おい待て、待てえ!」

ヤクザの兄貴分の男が叫んだ。

「待て、止まれ!」

いったんは足を止めた山下さんが、また一歩踏み出そうとしたその時、兄貴分が、

「待て、待たないと撃つぞ」

と言いながら、いきなり懐から拳銃を出した。

ビックリ仰天した弟分のヤクザが、あわてふためきながら、

「兄貴いけねえ、そんなもの。そんなことをしちゃいけねえ。撃っちゃいけね

え」

　と、後ろから羽交い締めにして、その拳銃を奪い取ろうとしたのだが、その揉み合いの最中に偶然バーンと引き金が引かれ、弾が山下さんの背中に当たった。ばったり倒れる山下さん。あまりのことに仰天する菜摘。

「テメエが悪いんだぞ。俺だって撃つ気は無かった。ただ脅すだけ。それをお前が余計な手出しするから」

「兄貴、でも、参ったなぁ。どうしやしょう」

「どうもこうもあるか。さあ、早く仕事を片付けて帰ろう」

　と、金庫から百万円を取り出し、

「この女を縛るんだ」

　と弟分に命じて菜摘を後ろ手に縛った。

　そして、

「いいな、そのまま大人しくしているんだぞ」

　と脅かすと、二人は百万円を奪って出て行った。

しばらく茫然自失の菜摘は、急いで山下さんのそばへ駆けつけた。

「奥さんしっかりして、しっかりしてください」

菜摘は急いで携帯をかけようとしたが思うようにいかないので、そのまま立ち上がると表へ出た。

そして隣の吉田さんのウチのドアを力いっぱい叩きながら
「お願いします。一一〇番、一一九番、救急車を呼んでください」

と、夢中で大声を張り上げた。

しばらくすると救急車とパトカーが同時にやって来て、山下さんは病院に担ぎ込まれた。

翌日、刑事と鑑識が現場を調べに来たが、菜摘は刑事の質問に、

「犯人とは一切面識はない」

と言い切った。

刑事は菜摘のその言葉を信じてはいないようで、同じ質問を何度も繰り返したが、ようやく引き揚げていった。

その知らせを聞いて、出張を切り上げた時夫が帰ってきた。夫は、

「えらい目に遭ったなあ。チキショウ、百万円は残念だがまあ良かった。お前が無事で何より。もう百万円は忘れるしかない。良かった良かった」

と、優しく言ってくれたので、菜摘はほっとした。

しかしあの奥さんは病院で間もなく亡くなり、逃走した二人はなかなか捕まらなかった。

そんな大事件があったのだが、暫くするとようやくまた普段の生活が戻って来たので、菜摘はいつもの三鷹のスーパーへ買い物に行った。

ところがレジに向かうと、いきなり後ろから男に声をかけられた。

「菜摘さんですね？」

「えっ！」

と振り向くと、なんとあの「土曜日の男」だった。

二人はその場でしばらく立ち話をしたのだが、男は北海道へ転勤したものの、

そこでの仕事に嫌気がさして間もなく辞めて、今は別の会社で働いているとのことだった。

菜摘が、その後結婚したと告げると、土曜日の男は、

「そうですか、よかったですねえ。結婚おめでとう」

と、とってつけたような祝いの言葉を口にし、二人はそこで別れた。

とんでもないところで、とんでもない男に会った、と思ったが、その後男は姿を見せないので、菜摘はホッとした。

だが、土曜日の男は、それから深く静かに網を張り、あのスーパーに菜摘が現れるのをじっと待っていたのである。

そしてある日のこと、スーパーから出た彼女の跡をそっとつけ、家を確かめた男は、その数日後にピンポーンとチャイムを鳴らして、菜摘の家を訪ねて来た。

あっと驚く菜摘に向かって、男は北海道に渡ってからもいつも菜摘のことが忘れられず、未だ独身であること。相変わらずセールスの仕事をしていて、たまたまこの近くを廻っていたら偶然菜摘が出て来たので驚いたと告げると、

「まぁ～今度来た時は、お茶でも飲ましてくださいよ。また寄りますから」

と言って帰って行った。

これはまずい、と菜摘は思った。あの男、必ず下心があるに違いない。

そして、その予感はすぐに当たった。

男の行動は早かった。二度目の来訪でリビングに入り込んだ男は、いきなり菜摘に襲いかかったのである。

「だめです。主人に知れたら大変です」

「だからよう、お互い内緒でいいじゃないか、えぇ。昼間は亭主帰ってこないだろう」

そう言いながら、必死で抵抗する菜摘を強姦してしまったのである。

そして事が終わった後、男はコーヒーを所望し、

「いやぁ、終わった後のコーヒーうまいなぁ。このブラック」

と、美味しそうに飲んで帰って行った。

そんなことが、二度三度と続いた。

しかも、菜摘の家の前に、ドーンと営業用の軽乗用車を停めて、家へ入って来るのである。

どうしよう。このままでは困ったことになる。何とかしなきゃいけない、と思案に暮れていた菜摘は、ふとあの金庫の中にあった睡眠剤のことを思い出した。

もしあれを飲ませたらどうなるだろう、と菜摘は考えた。

そんな昼間の菜摘の苦しみも知らず、時夫は相変わらずまめに夜の営みを続けている。

昼夜にわたってこんなことをいつまでも続けられるはずがない。

だから何としてもあの土曜日の男を始末しなくてはならないと、菜摘は焦った。

万一、生理が止まったなら誰の子か分からない。菜摘の決心は固かった。

それでも何日もあれこれ悩んだ末に、とうとう彼女はそれを決行してしまった。

今日も今日とて情事が終わった後、あの濃いコーヒーをグーッと男は飲んで帰って行ったのだが、男はあの中に睡眠剤が入っているのは知らない。

菜摘はなんとか男に薬は飲ませたものの、薬の効き目までは分からない。あの薬が効いて偶発事故、例えば交通事故が起きればいい、と菜摘は思っていた。

その翌日、今日も来るはずの男の姿がない。どうしたんだろうと、何気なく朝刊を開いた菜摘はビックリした。

「中野管内交通事故、トラックと乗用車が衝突、重傷」という三面記事の中に、あの土曜日の男の名前を見つけた菜摘は、「あっ」と声を上げた。

しかし、こうなると益々不安が募った。重傷というが、いったいどの程度なのだろうか。いっそのこと様子を見に行こうと、数日後見舞いに行く決心をした。

中野管内の救急病院に手当たり次第電話をかけた菜摘は、やっと男が中野の警察病院に入院していることを突き止めたのである。

病院の受付に名前を告げると、担当者が、

「ちょっとお待ちください」

と言って名簿を調べていたが、

「あの方、昨日亡くなられました」

と言うので、菜摘は驚いた。

「親族の方がひきとりにみえましたよ」

「そうですか」

と上の空で返事しながら、菜摘は自分が薬物を入れた犯人であるという自責の念にかられ、足早に立ち去った。

と、その時である。菜摘が、病院を出るのと入れ違いにあの山下の事件の時の刑事とすれ違ったのだった。

刑事は同僚を見舞いに来たのだが、思いがけないところで菜摘の姿をみかけて、不審の念を懐き、受付で菜摘の面会の相手を調べ、メモを取ってから病室へ向かった。

そんなことなど何も知らない時夫は、菜摘が最近元気がないので心配になり、

「どうだい、毎日頑張ってもなかなか子供ができない。いっそ、気晴らしに温泉でも行けば子宝に恵まれるかもしれない。だから白骨でも行こうか」

と、温泉行きに誘ってくれた。

そして時夫は、

「信州の父親の顔が見たい」

と言い出した。

初孫ができたら行くつもりだったがなかなか叶わない。だから、ついでに上高地へ寄ってあの白骨温泉にでも泊まって行こうという話になり、二人は信州へ旅立った。

楽しく信州旅行を終えた二人は、松本から新宿行きの「あずさ」に乗った。

だが、そのあずさの中のちょうどはす向かいの席に、あの初老の男が偶然いたのである。

男はビックリしたのだが、菜摘はまったく気づかない。

そして男は、時夫と菜摘が仲睦まじくしているのを見て、この二人は夫婦であるとすぐに直感した。

立川で降り、中央特快に電車を乗り換える二人を、初老の男は三鷹まで追った。

そしていつもならバスで帰るのに、珍しくタクシーに乗った二人は、男がタクシーでその後をつけていることを夢にも思わなかったのである。

それから三日後の昼下がり。またピンポーン。

「どなたですか？」

「私だ、私だよ」

それは、聞き覚えのあるあの初老の男の声だった。

ドアを半開きにすると、

「入れてくださいよ。そんな、私とあなたの仲じゃないか。えっ、お茶の一杯ぐらいご馳走してくださいよ」

と、声を落として凄む。

いざとなれば、あの土曜日の男と違って腕力にもひけをとらないと思ったので、菜摘は仕方なく男を中に入れた。

その日、男はお茶を飲みながら、その一人暮らしを愚痴った。

「女房に死なれてね、今、寂しいんですよ。だから菜摘さん、慰めてくださいよ、ねぇ。私ももう長いことはない。私の全財産をあなたにあげてもいい。だから慰めてください。お願い、お願いだ」

と言ってすり寄ってきたが、まさかこの男の全財産をもらうわけにはいかない。

どうしよう、どうしよう、と菜摘は困惑してしまった。

そして、それからというもの年寄りは再三家を訪ねて来て、ある日遂に菜摘に迫ってきたのである。

「いけません、こんなところで嫌です、嫌です。表に出ましょう」

「えっ、表？」

「はい、表に行きましょう。そうです、だから先に行って待っててください」

「どこで？」

「はい、あの、井の頭公園の近くの……」

「そうか、待ってるよ、待ってるよ」

二人は打ち合わせをした場所で改めて落ち合い、ホテルに入ったのである。

「嬉しいなあ、いやぁ嬉しいよ。久しぶりに菜摘さんにこうして会えるなんて」

男は、夢中で抱きついてきた。

初老の男は以前にも増して至って元気で、若い女の身体をいつまでも離そうとはしなかった。

ともかく自宅では嫌と菜摘が言うので、二人はあちらこちらのホテルを転々とした。

そのうちに、入るときも出るときも一切ホテル側と顔を合わせず、カードで精算し、出入りの自由なホテルを見つけたので、「しめた」と、菜摘は思った。

「今日、私の誕生日なんです」

「えっ、そうかい。幾つになったの?」

「はい、三十になりました」

「そうかぁ、いいなぁ、三十かぁ。女としては一番盛りだ」

と、思わず男は唾《つば》を飲み込んだ。

「ねぇ、お願いです。だから、私のお誕生日に乾杯してください」

「いいよ、いいよ、だがねぇ、その前に二人で一緒にお風呂に入ろうよ。それが私のお願いだ」

「いやぁ、恥ずかしい、いやよ」

「だってご主人といつもそうしているんだろう?」

「いや、いやっ」

と、菜摘は甘い声を出した。

そしてしつこい男の要求をそらすように、菜摘は、「じゃぁ先に入っていてね」と、ゆっくり支度をする。

「おぅい、早くおいでよね」

「はぁ～い、今すぐ」

と、菜摘はじらしにかかった。

湯船の中、男は額から汗をにじませて待っていた。

と、その目の前を菜摘の白く悩ましい裸体がゆっくりと沈んでいく。

男はもう我慢しきれずにいきなり抱き付いてきた。

「嫌、嫌っ、ここでは嫌」

と、菜摘は立ち上がって男の肩を強く押し、突き放した。

と、その反動かブクブク、ブクブクっと男は湯船の中に沈んで行く。ブクブク、ブクブクっと泡を出して、十秒、二十秒……出てこない、沈んだままである。そして、菜摘の下腹部に頭があった。

「うわぁ、どうしたの。ねぇ、ねぇ大丈夫?」

と、驚く菜摘。

だがその時、いきなりバァーっと男は顔を出し、

「いやぁ、苦しかったなぁ～」

と、おどけてみせた。

「まぁ～嫌な人。驚いたわぁ。ビックリよ」

菜摘は男の胸を叩いた。じゃれ合う二人。

それから上がって乾杯である。

菜摘が途中で買ってきたシャンパンを出すと、男は自前のウイスキーをポケットから取り出し、ウイスキーをシャンパン割りにして、グイグイと美味しそうに飲んだ。

「いい味だなぁ」

するとと菜摘が、

「ねえ、これ、この薬知ってる？」

と言いながら何かを取り出した。

「なんだそれ？　えっ、バイアグラかい」

「そうなの」

「おお！」

「すごく精がつくって、うちの主人いつも飲んでるのよ」

「へぇ〜、まだ若いのにアンタのとこの旦那、こんなもの飲んでるのかい」

「そうなのよ。だから、だからいつもしつこいのよ」

「そうかぁ、私は初めてだ。飲んでみようか」

と、男はニヤリと笑って錠剤をグンと飲み込むと、夢中で迫ってきた。

菜摘はそれに応えるように、男の背中に爪を立ててひっかいた。

「う〜ん」

と唸りながら、満ち足りた表情をみせていた男が、いきなり、

「うわぁー！」

と言って口から泡を吹いた。

まるで卵の白身を泡立てたような白い泡が口から吹き出し、そしてバタッと菜摘の胸の上に倒れた。

「あっ、どうしました。どうしました？」

動かない、ピクリとも動かない。

「えぇっ！　えぇっ！？」

あの薬はニトログリセリンであった。

しかし、それが効いたのかどうかは分からない。

いずれにしても、男は腹上死である。

菜摘は、コップなどに残されたすべての指紋を冷静に消し、そっとホテルを出た。

これで、土曜日の男、初老の男、二人がこの世から消えたのであった。

しかし、まだ一人残っている。それはあのヤクザの男である。

だが、そのヤクザの男についての知らせは、思わぬところから入った。

大阪で指名手配の二人の男が警官と銃撃戦となり、警官一名が撃ち殺されるという大事件がテレビ、新聞を賑わしたのである。

そして二人は現場で捕まったという。

菜摘は、「彼らはきっと重い刑に服することになるだろうと。さあこれですべての悪が取り払われた。後は時夫の子供を産むために専念するだけだ。やっと平穏な家庭生活がまた戻った」と思った。

だが、菜摘はとんでもない一人を忘れていた。

それから数日後、彼女は気晴らしに吉祥寺に久しぶりに買い物に出た。

日本晴れだった。何となく心が浮かれて足取りも軽く、ちょうど桜も満開の季節である。

駅前には、人が溢れていた。

吉祥寺の北口から南口に廻り、そしてちょっと桜を見に行こうと菜摘は井の頭公園へ向かった。道は右も左も人、人、人でいっぱいである。

と、その時である。

前方に見たことのある男が、よろよろよろよろよろとこちらへ歩いてきた。

ちょっと酔っぱらっているのかうつむき加減で女の肩を借りながら、歩いている。

菜摘は、はっとした。

「えっ、まさか？」

肩を貸している女、それは春美である。

「えっ⁉」

肩にもたれかかっている男、それは時夫であった。

「わあぁっ」と叫ぼうとしたが、声も出ない。

その春美がちょうど自分の斜め横をスーッと抜けて、駅の方向に向かって行った。

一瞬、顔と顔が合った。目と目が合った。

そして、春美はニヤッと笑って、そのまま立ち去って行く。

「まぁっ、あの人がまさか！」

でも、それは現実である。

一瞬たじろいだ菜摘だったが、振り返って後を追った。しかし、前方に二人の姿は見えない。

「あれっ、どこに行ったのかしら」

と、左の路地を入った。しかし、その路地にもやはり二人の姿はない。

だが、前方にホテルの看板があった。唖然として立ち尽くす菜摘の上に桜の花びらがヒラヒラ、ヒラヒラと散って、彼女の肩を撫でた。

それからというもの、菜摘は苛々と落ち着かない毎日を送っていた。

いつ夫に春美のことを切り出そうかと思案しても、なかなか言い出せない。

と、その時夫から電話があった。急にまた福岡へ出張とのことである。

その日いつもより早めに帰ってきた時夫は、いそいそと支度していたが、それはまるで、学生が修学旅行に行くような姿にも見えた。

夫が旅立った日の夕刻、菜摘はスーパーへ買い物に行き、特上の寿司と最高の牛肉、すき焼きの材料をかごに入れてレジに並んだ。思いっ切りやけ食いしてやろうとめったにない買い物である。

と、その前に、あの亡くなった山下の主人が買い物かごを片手に、山ほど品物を入れて立っていた。

「あら、山下さん、今日はお買い物早いんですね」

「いやあ、じつはあれの命日でね。今日は佐久にある実家に墓参りですよ」

「ああ、そうでしたか、申し訳ありません。すっかり忘れていました。申し訳ありません」

と、菜摘は自分の迂闊な言葉を悔いながら、二人揃っての帰路についた。

山下の家の前で、菜摘は、

「あの、厚かましいことですが、奥様の仏壇にお参りさせていただけませんでしょうか」

と頼むと、山下は、

「ああ、お願いしますよ。あいつも寂しがっているでしょうから、どうぞ、どうぞ」

と喜んで、菜摘は山下さんの家に入った。

仏前で手を合わせ深々と頭を垂れてから、菜摘がふと見ると、勝手で山下が何か洗い物をしている。胡瓜のぬか漬けだった。

「それ、私がお手伝いします」

と、菜摘が申し出ると、山下さんが、

「じつは、ぬか漬け、あいつが大好物でしてね。だから、少し切ってあいつにもやってください」

というので、菜摘は改めて仏壇に供え手を合わせた。

山下は、

「夕食はこれからすき焼きを作ります」

と言う。見れば菜摘が買ったのと同じ材料があった。

「あら、ご主人様、よろしかったらこの寿司食べていただけないでしょうか」

「え？　うわあ凄い。特上ですね。旦那さんのところ、よほど景気が良いんですね」

「いいえ。今、主人出張中なんです。だから、一人でやけのやけ食いですよ」

と菜摘は笑いながら寿司を渡した。

「それなら遠慮なく頂戴します。ありがとう。でもともかく、一人もんは本当に不自由ですよねえ。あいつのありがたみ、つくづく身にしみて」

と、寂しく山下は呟いている。

そこで菜摘が、

「あのすき焼き、私お手伝いに来てお作りしましょうか」

と言うと山下は喜んだ。

「いいんですか？　そんなこと」

「はい。私、時間余ってますから。どうぞ、使ってください」

ということになり、菜摘はいそいそと山下の家を出たのだった。

明くる日は、あの菜摘が買った最高の牛肉も合わせて、二人してすき焼きを突っついた。

「私、本当に奥様に恨まれますわ。こんな素敵なご主人様と二人してすき焼きを頂いているなんて」

「いやあ、そんなことはありませんよ。あいつ寂しがり屋ですから、こうやって賑やかにしていると、きっとあいつも喜んでいると思います」

と、山下は無邪気に笑った。

その夜、日ごろの鬱屈から解き放たれ何となく気が晴れたような菜摘に、家に帰るなりいきなり夫から電話があった。

「また出張が一週間延びた。悪いけどよろしく」

と言って、夫の電話は切れたが、菜摘は、

「もしかしたら、あの春美が一緒かもしれない」と思うと、折角さっきまで気が晴れていたのに、またムカムカしてきた。

そして突然、何としても夫と春美に復讐を果たさなければならない、という思いが湧きおこってきた。

そんな夫に対する当てつけではないが、山下家の夜の灯りがなぜか気になって仕方がない。

翌日、菜摘は、

「あのー、胡瓜のぬか漬けが上手くできました。ちょっと召し上がってみませんか」

と言いながら、山下の家に入った。

妻が亡くなって以来、毎晩酒でも飲まないと眠れないという山下は、この胡瓜のぬか漬けは絶品と褒めてくれた。

久しぶりにビールが旨いとグイと飲み干している山下から勧められるままに、菜摘も一杯おつきあいした。

山下は夫より一回りも歳が違うが、しかし、会社では部長だし、どっしりとした風格が備わっていた。

その夜の話は、自ずと亡き妻のことになった。佐久市の外れ、塩名田で生まれ育った彼女は、鮎とぬか漬けが大好物だったそうだ。その後上京して山下と同じ職場での熱烈な恋愛の末に結婚したが、子供には恵まれなかったという。

「でもいい。定年後二人で世界旅行でもしてのんびりと暮らそう」

と、いつも言っていたそうだが、不幸なことにあんな悲劇に遭ってしまった。

「人生って本当に分からないものですねえ」

と、急に話は物悲しくなってきたので、菜摘は、

「申し訳ありません。ごめんなさい。ごめんなさい」

と、謝った。

「いいえ、菜摘さんのせいじゃない。あいつ、運が悪かっただけですよ。さ、さ、そんなに謝られては酒がまずくなる。さ、やめてください。女房も悲しみますよ」

と、山下は優しく言ってくれた。

それから二人は、テーブルの上のコンロでグツグツと煮えているすき焼きを突っついたのだが、さっきから菜摘は、家の中が散らかっているのが気になっていた。

「今度、日曜日にでも私、お掃除に来ます」

「いやあ、そんなことしてもらって、ありがたいが旦那さんに知れたら大変ですよ」

「いえいえ、家の人なんか当分帰ってきません。だから、私お手伝いに来ますよ」

と、そんな約束まですることになった。

その翌日は日曜日だったので、朝から二人は大掃除を始めた。

昼過ぎにやっと片付け終わって、ほっとしたところで、昼は出前のピザを頼んだ。

山下が例によって冷蔵庫からビールを取り出したので、菜摘もお相手をした。

そして、二人がともにほんのりと酔った時であった。

山下が、「奥さん」と、かすれた声を出しながら、いきなり菜摘の手を取った。

「あ、いけません」

菜摘は一度は拒絶したが、しかしそれほど逆らわなかった。

「奥さん、奥さんは若い。そして綺麗だ」

と言いながら迫って来た山下は、あの格調高い部長の風格が一挙に崩れて、いかにも俗っぽい人間に見えたが、しかし、菜摘は拒まなかった。

昼間からの情事である。

山下は夫よりずっと歳が離れているのに、力強かった。激しかった。

そして菜摘は、それを受け入れた。

二人の営みは、夜まで続いた。

そしてともに快感にしびれたようになって、うたた寝をしている時、いきなり菜摘の携帯が鳴った。

「はい、はい、あなた……はい」

それは、時夫からの電話で、またしても帰りが三日間延びたという連絡であった。

「えっ、ご主人から」

「はい」

と菜摘が答えると、山下は、いきなりベッドから滑り降りて菜摘に謝った。

「申し訳ない、こんなことをして申し訳ない。いけないいんだ。ご主人のおられるあんたと、こんなことをしてはいけないいんだ」

と、平謝りに謝る。

「いえ、そんな。手を上げてください。今の私は、夫より山下さんに気持ちが移っています。だから、そんなに謝らないでください」

と言いながら、菜摘は思わず山下に抱きついた。

「しかし、やっぱりいけない。ご主人がおられるあなたと、こんなことをしてはいけない。やめましょう。私も辛い。だから別れましょう。今日限り、菜摘さん」

そこまで言われてしまえば、それ以上菜摘は山下にすがれなかった。

夫には女がいるから、なおさら山下に頼りたいというそんな気持ちを、菜摘はとうとう口にできなかったのである。

そして、菜摘は悄然《しょうぜん》と家に戻った。

彼女は夫の浮気と山下との別れの二つが重なって、その夜はまんじりともせず、一日中家にこもっていた。

ちょうどその頃、あの春美の男が仮出所して、春美のアパートを訪ねていた。

しかし彼女は留守だった。

そしてその翌日も男はアパートを訪ねてしばらく周囲を見張ったが、春美には会えない。

その数日後のことであった。

この日も空振りに終わったと諦《あきら》めて、男は帰ろうとしてふと前方を見ると、春美と男の二人連れが近づいてきた。

ハッとして、男は横丁に隠れた。どうみても旅行帰りの出で立ちである。

「畜生、あの野郎いつの間にか男をつくりやがったな」

と、もう頭に血が上って、今にも飛び出して真っ正面からこの男を叩いてやろうかと思ったが、焦る心を抑えてともかく相手を見送り、近くのラーメン屋に飛び込んだ。

焼酎をグッグーッと飲み、野菜炒めをまるでやけ食いのように食べ、さらに焼酎を煽った。

そして、「もう、我慢できねえ！」と心で叫びながら、男は店を出て春美のアパートのドアを乱暴にノックした。

「どなた？」

「俺だ、俺だっ」

「え？　あんた？」

「あんたじゃねえ、オイ開けろ。開けろ」

「今はだめ」

「今はだめじゃねえ。開けろ」

と、男は強引に中に入った。

「あんた、いつの間に出てきたの」

「出てきたのじゃねえ、てめえ、一度も面会にも来ねえし、差し入れにも来ねえ。この野郎、男をつくりやがって」

と、いきなり男は一発、春美の頬を拳で打った。

「あんた、そんな乱暴をして。そんなことをすると、また逆戻りよ」

「うるせえこの野郎。ムショが怖くてここに来たんじゃねえ。兄貴は無期懲役で、俺は三年。これじゃあ、間尺に合わねえ。兄貴に顔向けができねえ。だからテメエをぶっ叩いて、俺はもう一度ムショに戻る気だ」

「馬鹿ねえ、あんた何でそんなやけを起こすの」

「うるせえ、テメエの意見なんか聞きたくねえ。この野郎」

男はいきなり匕首《あいくち》を取り出し、春美の脇腹にブスッと刺した。

「うわあ！」

その断末魔の悲鳴を聞いて、たまたま風呂場でシャワーを浴びていた男が、ビックリ仰天、腰にバスタオルを巻いただけで飛びだしてきた。

「この野郎、テメエも道連れだ！」

男がブスッと匕首《あいくち》を突き刺すと、血だらけになって倒れたのは菜摘の夫、時夫だった。

呆然と立ちすくむ男。この騒ぎを聞いた隣の家の住人の通報で、パトカーと救急車がサイレンを鳴らして現場に急行した。

男は駆け付けた刑事に手錠をはめられ、ただちに警察に連行されたが、例の刑事は、被害者の一人が菜摘の夫と知り、首を傾《かし》げた。

刑事によってもたらされたこの知らせは、もちろん菜摘を驚かせたが、彼女はその割には冷静だった。

あの憎き春美と時夫が、思いもよらぬ事件でこの世から消えたのである。

そして、世間の目は菜摘に優しく、同情すら集まった。

もちろんあの山下も、すぐに駆けつけて菜摘を慰めてくれた。

「えっ、ご主人に女が？　いやあ、あんな真面目そうな旦那さんがそんなことをなさるとは！」

と、山下も驚いていた。

夫の遺骨は、松本の実兄が、春美のそれもまた彼女の親族が引き取っていった。

あの憎き春美、そして夫。

だが考えてみると、春美は憎いが、まだ夫には多少未練があった。

新婚当時あんなに優しくしてくれた夫が、なぜ春美に走っていったのだろうか、と、一人取り残された菜摘には、長く疑問が残った。


しかしすべては終わったのである。

そして、あの憎しみと報復の思いがついに叶ったのだ。

だが、一度は晴れたと思った心の中は、意外にもその心張り棒が外されたようで、菜摘はなぜか放心状態になった。

そんな時、あの山下が菜摘を慰めてくれた。

「本当に、あんたもエライ苦労をしましたね」

と、優しい言葉をかける山下の懐で菜摘は泣いたが、その涙の陰には笑みがあった。

やがて二人はそれぞれ家を売り払って、郊外に立派なマンションを買った。

しかし、菜摘にとって「偶発」という二文字はその後も重くのしかかってくるような気持ちだった。

今日も今日とて夫を朝見送った後、一人新聞を手に居間でこれまでのあれやこれやを回想する菜摘。その三面記事には今日も数々の「偶発事件」が出ている。

菜摘はつくづく人生おける「偶発」の恐ろしさを思い知ったのだった。

菜摘と新所帯を持ってから山下の夫は、毎日早いご帰館で、二人は燃えるように求め合った。その疲れがどっと出てしまったのだろうか、新居へ引っ越してから一週間目に、夫は風邪で寝込んでしまった。

菜摘は近くの内科の先生を頼んで診てもらったが、「ともかく十分に休んで無理をしないこと。いいですね」と言いながらニヤリと笑い、単なる風邪薬を処方しただけだった。

その日の午後のこと。突然会社からお見舞いといって若い女の人が訪ねて来た。年の頃なら二十七、八か。美人で優雅なその物腰は、育ちの良さをうかがわせた。

女は菜摘に丁寧に挨拶し「部長さんお大事に」と言い残して早々に帰って行っ

たが、菜摘は彼女は部長の見舞いにかこつけて、再婚相手の菜摘を見に来たのではないかと思った。

その夕刻のこと、近くのスーパーへ買い物に出た菜摘は、道路の前方で数台のパトカーが停まり、大勢の野次馬が集まっているので訝しく思ったが、聞けばコンビニに強盗が入り、店員二名が射殺されたというので、震え上がった。

急いで我が家へ帰ると、夫が見舞いでもらった例の女の花束に顔を寄せていた。

「どうした。何があったのかい？」

「ええ、コンビニ強盗で店員さんが殺されたんだって」

「ええっ」

と夫もびっくりである。

恐ろしい世の中だと二人は見合わせた。

翌日夫は、元気に会社へ出かけたが、その足取りはいつもより軽く見えたので、風邪薬よりあの若い女のお見舞いが余程効いたのか、と菜摘は思った。

彼女が洗濯機を廻し、お勝手を片付け、掃除をしてベランダに洗濯物を干し、コーヒーを入れてテーブルに座った時、ふと目に入ったのは夫の風邪薬だった。医者から薬は飲み切ってくださいと言われている。

しばらく考えこんでいた菜摘は、クローゼットから彼女の一張羅を引っ張り出し、入念に化粧をしてから夫の会社へと向かった。

彼女が日比谷通りの一角にある立派なビルの二十階のオフィスへ着いた時、時計の針はちょうど正午を指していた。

受付で夫を尋ねると、応接室にいると教えられた菜摘は、そのドアの前に立ち、なぜか緊張した面持ちでノックした。

「はーい」という女の声にドアを開いて、部屋の中に一歩入るなり、菜摘は思わず「あっ」と声を上げた。あの見舞いに来た美人の女事務員と差し向かいで、夫が食事をしているではないか。

「あなた、食後のお薬を持って来ました」

と無理やり声を押しだすと、夫も驚愕を押し殺すようなしゃがれた声で、

「いや、ありがとう」

とかろうじて答えた。

「失礼しました」

それだけを告げると、菜摘は部屋から足早に立ち去り、表通りを駆けるようにして駅に向かった。

菜摘の胸は激しく高鳴り、頭に血が上ってかっとなっていた。

突然に彼女は、井の頭公園で時夫と春美の二人連れにばったり会った時のことを思い出した。

あの時春美は、菜摘を見てニヤリと笑った。その時と同じ不快な思いだった。さっき夫と差し向かいで食事をしていたあの女も、春美と同様ニヤッと笑ったように見えた。

夫が風邪で寝込んでいた時、見舞いに来た彼女が帰ってから、夫が、

「あの子シングルマザーでさ、幼い子を抱えて頑張ってるんだよ」

と聞いて、無性に腹が立ったことを思い出していた。

菜摘がちょうど丸の内警察の前を通り過ぎた時、偶然あの刑事とすれ違った。

夢中で歩いて行く菜摘を見ながら、刑事は彼女にかかわる数多くの疑惑を思い返した。

二人組の強盗の事件、ラブホテルでの変死、アパートで菜摘の夫が刺殺された現場、それに警察病院でのすれ違い……。いずれあの女を、本格的に取り調べてやろう。

「なんかあったんですか」

と連れの刑事が尋ねたが、

「うん、いや」

と生返事しながら、二人は署に入りかけ、それでも刑事は気になって菜摘の後ろ姿を見つめていた。

菜摘は駅に急いだ。無性に気が急《せ》いていた。

チカチカと信号が赤になろうとしていたが、菜摘は交差点を一気に進んだ。

その時だった。一台の車が急発進して、菜摘をはねた。

それは一瞬の出来事であった。

菜摘を乗せた救急車のサイレンが、ビルの谷間を走って行った。

そして今、菜摘は病院のベッドに横たわっている。

目と口だけ出して包帯姿の菜摘の脇で、夫が心配そうに菜摘の手を取った。

「あなたごめんなさい、心配かけて」

「びっくりしたよ。だが命に別状はないと医者が言ってほっとしたよ。早く良くなってくれ」

「あなた」

と感謝しながら、夫の手を、強く握った。

「仕事に戻るからね。また来るよ」と帰って行く夫を、菜摘はベッドから黙って見送った。

その病院の廊下で佇《たたず》む一人の女がいた。

あの事務員が、その手には夫の黒い鞄を提げて待っている。

ちょうどその時、菜摘の母と妹が、夫と入れ違いに見舞いにやって来た。

「お母さん、今夫が見舞いに来てくれたわ」

「そう。それはよかったね」

しかし病院の出口で、菜摘の夫と女事務員の後姿を見た妹は、何も言わない。

母親が、やわらかい陽射しが差し込む病室の窓を少し開けると、一陣のそよ風が舞い込み、菜摘の夫が見舞いに持って来た花瓶のバラの一輪が、はらりと散った。

東京の広い空、ビルの谷間を往く夫と女事務員の後ろ姿が雑路の中に消えていく。

完

日曜日には復讐を果たせ

今度の日曜日は二人に是非合わせたい人がいるからと、母ハナが長女の美沙子と長男の高夫に告げた。

高校と中学の二人には、その相手が誰であるか薄々想像がついていた。

父が交通事故という不慮の死から一年半、この母が以前から不倫をしているかもしれないと姉弟は思っていたのである。

その日曜日の夜がやって来た。

広い食卓の中央には特上の寿司の大きな飯台がデーンと置かれ、花も飾られている。

極上の寿司に二人は思わず歓声を上げるほどだった。

そして、出汁巻きと紅葉おろし、牛肉の時雨煮と小芋の炊き合わせ、くらげ胡瓜の酢の物、お吸い物はじゅん菜である。

この四品は、家政婦キクの手作りであった。

こんな御馳走は、滅多にない。

すべての準備が整い、招かれた客が席に着くと、ハナが口を開いた。

「この方、私の昔の知り合いよ。今日からこのうちでお世話する事にしたから宜しくネ」

と説明を始めたが、二人の姉弟はあまり興味を示さない。

そればかりか、この立派な寿司に競って手を伸ばした。美沙子は小鰭《こはだ》から、高夫は飛び子である。

「あんたたち、ちょっと手を休めてお母さんの話を聞きなさい」

と、ハナが窘《たしな》めるほどであった。

「聞いてるよ、聞いてるわ」

と、二人はお吸い物にも手をつけて一気にぐぅーっと飲んでいた。

「あらぁ、この出汁巻き美味しいわねぇ」

と美沙子。

「なんだぁ、僕、牛肉の佃煮なんか、好きじゃねェ。ステーキ食いたい、分厚いヤツを」

と、高夫はわがまま言いたい放題である。

「そんなことを言わないで。ステーキは今度の日曜日よ。今度の日曜日には、もっともっと盛大にやりましょうよ、四人で」

とハナが言うと、

「でも、これみんなほら、おばさんが作ったんでしょう？」

と、美沙子はキッチンの隅に畏まって座っているキクを見た。

「はい。皆様のお口にあいますかしら？」

とキクが、聞き取れないくらいの小さな声で答えた。

「本当に美味しいわ。おばさん、お母さんよりよっぽど料理がお上手ヨね」

「あらまぁあんたたち、お母さんだって、やればできるのよ。お母さんの腕、そのうち見せてやるから。私はね、今こうやってほら、手がちょっと不自由でしょう。だからそのうちに」

とハナは、痛々しい右手の包帯を見せた。

「そのうちって、お母さんずぅーっと料理なんか作ったことないじゃないの」

と美沙子。

「そりゃぁあんた、あのほら、口うるさいお姑さんがいたからよ」

と、その時だけは声を潜めたが、飯台に残っているのは、もう卵とかっぱ巻きぐらいだ。

「お吸い物のお代わりある?」

とハナが尋ねると、

「はい奥様、何杯でもどうぞ」

とキクは即座に答えた。

音楽を聴きながら、和気あいあいと食事をしているこの四人を、キクはじっと見つめていた。

これはどう見ても一見平凡な家庭の食事風景であるが、じつはこの四人は、それぞれ訳ありの人物なのである。

特に今夜初めて招かれてやって来た男は曰くつきなのだが、ほとんど口をきかず、ハナに勧められたビールを黙々と口元に運びながら、姉弟の食べっぷりを眺めていた。

そんな光景をキッチンの片隅から黙って見つめているキクであったが、なぜか落ち着かない。

胸の高鳴りさえ覚えた。

けれども今日の日曜日の夕餉を、一番待ちのぞんでいたのは、キクだった。

愛しい娘、秋恵のことを思いながら、キクは握り拳をぐっと固め、

「日曜日にはゴキブリを殺せ！」

と、心の中で呪文のように呟いたのだった。

さてここで物語は、しばらく前にさかのぼる。

ここは三鷹の深大寺にある小ぢんまりとした家政婦紹介所である。

キクの娘、秋恵は、そこに住み込みで勤めていた。

以前秋恵は、北関東にある配送センターの事務員だったが、ふとしたことから

そこで働くドライバーと不倫関係になった。

彼には妻子があり、秋恵も、それは承知の上の付き合いだったが、それは相手

の男が、

「俺は妻子と別れる。きっときっと秋ちゃんと一緒になるよ」

と約束していたからだった。

ある夜、朋輩の飲み会でドライバー同士が、酒を酌み交わしていた。

秋恵はお酌をしていたのだが、その時いきなり一人の男が立ち上がって叫んだ。

「秋ちゃん、お前知らんのかい、この男に騙されてるんだぞう。この男、妻子がいるんだぞ！」

「俺、秋ちゃんの為に言ってやるんだ」と。

そして男はそのドライバーに面と向かって、

「お前、秋ちゃんを騙しているんだろう」

と怒鳴りつけたので、

「ナニ、うるせぇ、この野郎」

と、突然二人は酒の上での取っ組み合いとなった。

この秋恵の男が相手を思わず押し倒したので、相手は頭を打って重傷を負って入院する騒ぎになってしまった。

こんな事件があって、秋恵は会社を辞めざるをえなくなり、地元にもいづらくなって上京する決心をしたのだ。

そして彼女が上京してから住み込んだのが、この家政婦紹介所だった。

そこには中年の女性がそれぞれいろいろな事情を抱えながら働いていたが、今日も今日とて一日勤めを終え、夜お茶を飲みながらのひと時を世間話に興じていた。

話は自然と仕事のことになり、一人の女が口火を切った。

「ねぇねぇ聞いてよぉ、私のところのお客さんねぇ、もう百歳近いのよ。だからすっかり弱って寝たっきり。いつも『死にたぁい、死にたぁい』ってか細い声で言うのよ。だから私、困っちゃうわ。それでもねぇ、元気を出してください頑張ってくださいなんて言おうもんなら、『なぜこれ以上私は頑張らなきゃいけないんだよぉ』といきなり怒る始末。まぁ、なんて言葉かけていいやら私分かんない。本当に、年取って長生きすると、元気ならいいけど寝込んだらもうおしまいねぇ」

「でも、うちのお客さんは、あんたんとことは逆に、いいお年なのにとても元気でそりゃぁ大変」

「へぇ」

「うちのお客さんは元軍人さん。すべてが軍隊調。いきなり『気を付け。敬礼。作業始め』なんてこんな調子よ。まぁ口うるさいけど、年寄りだって元気で生きているほうがいいわねぇ」

「あら、そうかしら」

「そうよ。最後は『作業終わりました！』と報告。すると直立不動の姿勢で玄関前で敬礼して『帰りますっ！』て、こんな調子」

二人の話に、一同大笑いである。

「それにしても、おかねさん、なんか最近暇そうじゃない？」

「そう、うちのお客さん、今お休みなの」

「へぇー、どうしちゃったの？」

「それがねぇ、家族そろって海外旅行だって」

「海外旅行？」

「そう。だけどお婆ちゃんだけは一緒に連れてってもらえないの。老人ホームで一時預かりという所があるのよ。そこに今預けられてるの。だから一週間ほど、私失業よ」

「へぇー」

「そうなの。ほら、よく家族が旅行するとお犬様とかお猫さんを預かるところがあるでしょう。あれと同じ。人間様もそうやって一時預かりのところがあるのよ」

「でもねぇ、可哀そうに。一緒に旅行に連れてってあげればいいのに」

「まぁ、そんなわけにはいかないでしょう。足腰すっかり弱って、ガラガラを押して歩いてる。だから旅行しても家族の足手まといになると、本人も分かっているの。それで黙って施設へ入っているのよ」

寂しい会話に、一同黙りこんでしまった。

そういえば、ニュースで、永年連れそった百歳近い夫婦が心中とか、さらに孤独死の悲しい知らせと、正にこの世は姨捨ての社会である。

それが過疎地に限らず、都会の中でも一人淋しく亡くなって行く報道が後を絶たない。

中には片親でやっと苦労して育てた子供が、成人すると親から離れ音信もなかったのに、いきなり電話があって、受話器に飛びつく年寄り。そして、泣きついて来る息子を信じて騙される事件も多い。

ともかく、家政婦会には盆も正月もない。自分で食事を作れない年寄りがじっと布団の中で待っている。そしてかゆ食を年寄りの口元にそっと持っていくと、まるで赤子のように吸いついて、ニッコリ笑うその姿に、思わず目頭が熱くなると誰かが言った。

「ねェ、人間って丈夫で長生きするのって本当に大変ね」

と、その言葉に皆静かに頷いた。

「そうそう、秋恵さんとこのお客さん、相変わらずかしら」

「はい」

「そうでしょう。あそこの奥さん、本当に口やかましいから苦労ね」

「私たちもみんな一度はあそこ経験してるの。あの奥様によくしごかれたわ。秋恵さんもちょっとの辛抱よ。新しい人が来れば、あそこは順送り。それまで秋恵さん頑張ってね」

「はい、頑張ります」

秋恵はみんなと調子を合わせるようにして、元気に答えた。


秋恵の派遣先は、井の頭公園の近くにあるとあるお屋敷で、そこの主は波多二郎。大手商社の部長を務めていた。

その母サキはもう七十歳を超していたが、いたって元気で口うるさく、これが秋恵の仲間が噂していたあの口やかましい奥様だった。

そして波多二郎の妻ハナは、じつは数年前、「元彼」との浮気がばれて離縁され、以来このサキが孫の美沙子（高校二年生）、高夫（中学二年生）の子供の面倒を見て、一家を切り盛りしていた。

それは丁度夏休み中、祖母が二人の孫を連れて信州浅間温泉にある実家へと帰省中の出来事だった。

日頃多忙な二郎。この日は珍しく会社を定時で帰り、我が家へ向かい、途中ケーキも買って、年甲斐もなく何故か心のはずみを覚えた。だが我が家の居間に紅茶カップと小皿が目についた。

「誰かお客さんか」

との問いに妻ハナは、咄嗟に戸惑った様子で「ハイ」と答えた。

そして、

「ちょっとした知り合いの方です」

「ナニ、知り合い」……

「オレの知らない人か」……と。

「ハイ以前ちょっと知り合った方です」

「何しに来た」

「アノー、お金を少し貸して欲しいと」

「ナニ……元彼か!!」

「いいえ違います。そんな人ではありません」

「じゃあ、どんな人だ!!」

と二郎は次第に激昂して来た。日頃、母サキから短気は損気と注意されていた二郎だが、本人は気が短い。

「おい、一体いくら貸してと言って来たんだ」

「ハイ、あのー、五十万円です」

「そーか、五十万円か。なら明日百万おろして来い」

「ええ」

とハナはびっくりである。なんと太っ腹な夫と思った。だが次の瞬間、それは正に青天の霹靂であった。

「その百万持ってお前もその男の所へ行け。元彼が家の廻りをウロウロしてると思うと満足に寝る事も出来ない。いいな、出て行くんだ!!」

と二郎は断を下した。

「あなた誤解です。それじゃあ、あんまりです」

の声はもう二郎の耳に届かない。

やがてそれが原因で夫婦別れとなったのである。

そこへ派遣された秋恵は、掃除から家事までサキから本当に口やかましく言われたが、そんなことはちっとも苦にならなかった。

この元気なサキを見て、秋恵は、故郷《くに》の母のことを思い出していた。

母キクは若い頃、内縁の夫との間に秋恵を産んだ。

夫は白蟻退治の薬などの売人として生計を立てていた。

ところが当時、あのトリカブト殺人事件で大騒ぎとなり、それ以来農薬などの取り締まりが厳しくなり、不況も手伝って夫は突然キクの前から姿を消したのである。

この予期せぬ出来事に、キクは路頭に迷い、近くの缶詰工場で働きながら秋恵を育て、密かに夫の帰りを待っていた。

しかし、夫は戻らない。

それでもキクは待った。待ち続けた。

キクにとって彼は初めての男でもあり、この可愛い秋恵もいる。だから夫は必ず戻って来るものと固く信じていた。

そんなある日のこと、キクは押入れを整理していて思わぬ物を見付けた。奥から薬品の入った箱が出て来たのである。

取り出してみると「殺虫剤シアノホス」と書いたシールが貼られており、その他キクにとっては何が何だか分からない薬品の瓶が多数あった。

きっと白蟻の駆除などに使っていたのだろうとキクは思ったが、もし夫が戻って来たらと思うと、警察に届ける気になれなかった。

キクはそれを成人した娘秋恵にも明かさないまま、押入れにしまっておいたのである。

母が内縁の夫とその繋がり、そして娘秋恵もあの不倫関係で町を去る。こんなことになってそれは母の遺伝子ではないかとキクは悲しかった。

秋恵は上京が決まった時、キクにも一緒に上京しようと誘ったのだが、母は聞かなかった。住み慣れたこの土地から離れられないというのだ。

キクは、秋恵には黙っていたが、あの出て行った夫が万が一戻って来たら、やはりここにきっと帰って来るという一縷《いちる》の望みを持っていたのである。

それは空しい執念だとキクにも分かっていたが、しかし秋恵の言葉にのって一緒に上京しても、もしかしたら秋恵の足手まといになるかもしれない。まだ秋恵は若い。

これから本当に花を咲かさなければならない。

そんな時、こんな年寄りが一緒ではきっと秋恵に迷惑になる。だからこれが親子の別れでもいい、とキクは思って身を引いたのだった。

秋恵の派遣先の二郎の母サキは、新婚当時からずっと厳しい生活に耐えてきた。彼女の夫は軍人で、あの南方戦線で戦死していた。

そして、戦前、戦中、戦後と苦難の道をくぐり抜けたその体験から、すべてにおいて慎《つつ》ましさをモットーに暮らしていた。

息子二郎の収入は決して悪くはないし、サキにも遺族年金が支給されていたのだが、ワイシャツなども自らアイロンをかけており、子供たちの食事の献立も質素で、しかし栄養バランスは十分考えながら、安価なものを選んで節約していた。

「お金はいくら貯めても邪魔にならない。いざという時にきっとときっと必要な時がくる。だから普段節約して貯めておかなければいけない」

これがサキの信条であった。

自分の母のキクに似て、元気で動き回るサキ。そしてそれに一生懸命付いて行く秋恵。そんな絶妙なコンビによる生活は二年ほど続いた。

そんなある日のこと、今日も夕餉の支度をしようとサキが勝手に立ち、煮炊きしながら汁物をちょっと味見しようと小皿に口をつけたその瞬間、ぐらっとめまいを起こして小皿を落とし、

「あぁー」

と叫んでその場にバッタリ倒れた。

近くにいた秋恵はびっくり仰天、

「奥様、奥様どうしました。奥様ぁ」

と声を嗄らしながら救急車を呼んだのだが、病院へ担ぎ込まれたサキは脳溢血であった。

一命は取り留めたが、舌が思うように回らない。それでも、意識が戻ると秋恵の手をしっかりと握って、

「お願いしますよ秋恵さん。お願いしますよ、あんただけがこれから頼りだ。特に子供たちのことお願いしますよ」

「なにを奥様、弱気なことをおっしゃらないでください。大丈夫です、元通りに元気になりますから」

「私はダメ、自分で分かる。でも、このままでは死ぬわけにはいかない。まだ孫を一人前にするまでは。だからそれまであんたが頼りだよ」

と、サキはすべてを秋恵に託し、そのまま入院してしまったのです。

やがて、秋恵は、

「通いでは不用心だから住み込んでおくれ」

と言われ、秋恵は一階のサキの部屋を使うことになったのである。

さて、今まで質素に厳しく育てられたあの美沙子と高夫だったが、祖母が入院すると次第に羽を伸ばし、秋恵を女中だと見縊《みくび》って、食事やあらゆることに注文をつけ、わがまま放題になっていった。

これには秋恵も、ある程度は仕方がないと目をつぶらざるを得なかった。

しかし、ここで美沙子が新手の作戦に出た。

彼女は大学受験に備えて家庭教師が欲しいと前々から祖母に頼んでいたのだが、サキから、

「そんな無駄な経費は出せません。独学で勉強しなさい」

と厳しくはねつけられていた。

だが、サキの入院をみすまして父親にねだると、

「そうだったのか、よしよし、それなら家庭教師をつけてやろう」

と、いともたやすく聞き届けてもらえたのである。

一方の高夫は中学でいじめにあっていた。以前はいじめる側だったのだが、いつの間にかどうしたことかいじめられる側になってしまったのである。教室で仲間から無視されたり、罵声を浴びせられたりしていたが、今では金をせびられる始末である。

そこで高夫は、秋恵に、

「おい、俺の小遣い上げてくれよ」

と迫った。

「そんなこと、私は勝手にできません。お父様に相談してください」

「親父に言ったってだめなんだよ。だからお前に頼んでんじゃねぇか」

「いえ、お坊ちゃま、そんなわけにはいきません、私、お婆様にちゃんと家計簿をつけるように言われております。だから、独断ではやたらなお金は出せませんん」

「ちぇっ、なんて奴だ。俺だってなぁ、参考書とかいろいろ本を買うんだ。金が欲しいんだ。それに友だちとの付き合いもある。だから……」

「はい、それならちゃんと領収書を持ってきてください。それならいくらでもお金は出します」

「へん、なんて奴だ。なんて融通の利かねぇ奴なんだ」

高夫は、秋恵のかたくなな態度に業を煮やし、ふて腐れていた。

そのうちに美沙子の家庭教師が、週に三回やって来るようになった。

家庭教師は大学の現役の四年生だったが、なかなかの好青年で、あまりにもイケメンだったので、美沙子は嬉しかった。そして、二人で勉強机に向かっている時には美沙子の胸は高鳴り、勉強どころではない。若い男性の肌の匂いがプゥーんと美沙子のハートに響くのである。

美沙子も家庭教師の指導に従って一生懸命勉強していたが、日が経つにつれて二人の関係が微妙に変化してきた。

ある夏の日のこと、

「今日はなんだか蒸し暑いねぇ」

と家庭教師が上着を脱ぐと、

「そうねぇ」

と言いながら美沙子もカーディガンを脱ぎ、二人はお互いに顔を見合わせ思わず抱き合ってしまった。

そんな家庭教師と美沙子が肉体関係を持つようになるには、それほど時間はかからなかった。若者同士の情熱が自然とそうさせたのだろう。

そうとも知らぬ父親の二郎だったが、子が子なら親も親で、世間ではよくある間違いを仕出かしてしまったのだった。

ある夜、二郎は宴会から相当酔っぱらって帰ってきた。

玄関で出迎えた秋恵が、

「大丈夫ですか旦那様」

と声をかけると、

「あぁ大丈夫、大丈夫」

と言いながら、二郎はよろよろとその場に崩折れそうになった。

秋恵は二郎に肩を貸して二階へ上がろうと思ったが、しかしこの大きな体では階段を上がれるはずはない。そこで咄嗟《とっさ》の思い付きで、一階の自分の和室へ二郎を横たえた。

いったんはその場で大の字になった二郎だが、次の瞬間、いきなり身を起こすと秋恵に抱き付いてきたのである。

「旦那様、いけません、そんなことといけません、旦那様」

「秋恵さん、俺、あんたが好きだ」

「だめです、だめです、旦那様」

二人は揉みあいになったが、結局すぐに二人は男女の仲となってしまった。

一度そんなことがあると、二郎はもう我慢できない。

女房と別れて数年。男盛りをじっと我慢してきたのが、ここで一気に爆発したのであろう。真夜中になるとそーっと秋恵の部屋へ忍び込むこともしばしばであったが、秋恵もかよわい一人の女、この二郎の行為をいつの間にか受け入れていたのであった。

それから半年後、サキが退院した。

すっかり体が弱って寝たきり状態になっていたが、ともかく秋恵と一緒に、自宅の和室で過ごすことになった。

それと時を同じくして、二郎が突然海外駐在を命じられたので、なおさらサキは秋恵に頼るようになり、二郎もまたベトナムへの出発に際して、

「くれぐれも母と子供をお願いします」

と、秋恵に頭を下げたのだった。

突然二郎がいなくなったので、あれほど厳しくやかましかったサキも、

「ともかくあんたが頼りだよ、息子も私もあんたが頼りだ」

と秋恵にすがるようになり、それに応えようと、秋恵もまた一生懸命に介護した。

そんなある日のこと、サキは秋恵のちょっと変わった様子に気が付いた。

「あんた、ちょっとおいで。あんたもしやあれかい？」

「はい、奥様」

「えっ、本当かい。一体それはどういうこと?」

「はい、じつは旦那様と……。申し訳ありません」

「えっ」

と驚いたサキだったが、あれからずっと住み込みの秋恵に、表で男を作る時間はないはず。それなら秋恵とあの息子二郎がいつの間にかできても当然のことかもしれない、と思った。

「そうかい、そうだったのかい。うぅーん、でもねぇあんたには心配させないよ。もう私に任せておき。これからあんたは私の家の嫁さんになるんだよ」

「えっ?」

「そう、あなたはもう赤の他人じゃあない。明日にでもさっそく二郎に連絡をとろう」

とサキは秋恵に書類を取りに行かせ、自分の手紙を添えてベトナムに送った。

それからというもの、サキは一日も早く秋恵を入籍させようとした。

「もう返事を待つまでもない。私が決めることにあの子はノーとは言わない。だからもう心配ないよ、あんたは、息子の嫁さんだヨ」

秋恵は、このサキの言葉に甘えていいのかと思案したが、ともかく三人だけの話として、秋恵をこの立派なお屋敷の奥さんとして迎え入れようということになった。

だが後でこのことを知った美沙子と高夫は、そんな話に黙ってはいなかったのである。

その頃、二郎の会社は急に不況に見舞われ、現地でのプロジェクトも思うに任せない状態だった。

ベトナムでの大役を仰せつかった二郎だったが、半年、一年の約束がいつ帰れるかも分からない状況になっていたのだ。そして母親のサキと秋恵の元には、

「当分帰ってこられないかもしれませんが、秋恵さん、母と子供をよろしくお願いします」

と書かれた手紙が来たのである。

しかし父親が海外駐在でいないも同然、そしてサキはほとんど寝たきりの状態

になってしまうと、美沙子と高夫の態度は急変した。

特に高夫はますますわがままになり、贅沢になり、食事に対しても、「肉、肉、上等な肉を腹いっぱい食わせろ！」

と、いつも大声をあげて暴れるなど、あれこれと注文をつけるようになった。

美沙子も化粧をしたり、派手な私服を着たり、たまには家庭教師に贈り物をしたりするようになったので、いつも秋恵に小遣いをねだるようになった。

秋恵も、年頃の娘である美沙子に対しては配慮せねばと思い、その預けられた予算の中から小遣いを多少増やしてやったりしたのだが、それでも美沙子は不満で、実母ならもっともっと私の気持ちを分かってくれると思うこともあった。

そして美沙子は、あの不倫関係で家を出されてしまった実母のハナを次第に恋しく思うようになった。

一時は母のその淫らな恋に対して「本当に不潔ね」と嫌悪を隠そうともしなかった美沙子だったが、正反対の感情を懐くようになったのは自らが男と女の関係を知るようになったからだろうか。

今は家庭教師と週三日のあのひと時を、本当に待ち遠しく思う美沙子だった。

二人の孫のそんな変化を知ってか知らずか、ある日サキは久しぶりに起き上り、

「今日は私がやるから」

と、キッチンに立って夕餉の支度を始めた。

それを見た高夫が、

「あぁお婆ちゃん、何を作ってくれるの？」

と尋ねると、

「久しぶりにお前たちの好きな天麩羅だよ」

という答えが返ってきたので、

「えっ、天麩羅揚げてくれるの。わーい」

と高夫は大喜びである。

天麩羅といってもほとんど精進揚げだったが、週に一度とはいえ、あの年寄りのいつもの質素な献立の中で、これほど孫たちの好評を博したメニューはない。

しかもたっぷりと大根おろしをつけたそれは、いつも皿に山盛りで、自由に食

べ放題だったから、高夫は大いに喜んだものだった。

おまけに今日はサキが、

「お前の好きな海老も付けてあげるよ」

とささやいたものだから、高夫は、

「わーい、うれしいなぁ！」

と文字通り飛びあがって喜んだ。

「奥様、そんなご無理をなさったら体によくありません」

と秋恵が注意したが、

「なぁになに、大丈夫このくらい。私ねぇ、若い時からずぅっとこの天麩羅を揚げるのが得意でね、よく主人に褒められたもんだよ」

と自慢しながら、昔から使っているという大きな鉄の天麩羅鍋をちょっとガス台に斜めに載せ、油の浅い方から海老を置いてちょっと衣を付け、浮いてきたらサァーと奥の深い方へ送っていく手つきは、秋恵が思わず見惚れるほど鮮やかなものだった。

サキは、海老の次はかぼちゃ、さつまいも、蓮根、茄子、かき揚げ、海苔と次々に手際よく揚げていく。

「こんなにいっぱい揚げるんですか？」

と秋恵は驚いたが、サキは、

「そうだよ、そうだよ。いつもたっぷり揚げるんだよ」

と、すましたものだ。

聞けば、いつも孫たちが食べきれないほど作って、あくる日その残った精進揚げを食べるのがサキのひそかな楽しみなのだそうだ。

サキが、材料のほとんどを揚げた頃、秋恵はポストへ新聞を取りに行った。

とその時、サキが突然目眩《めまい》を起こして、バタンと床に倒れた。

「あっ、お婆様しっかりしてください」

と叫びながら駆けつける秋恵に、サキも、

「秋恵さん！　秋恵さん！」と必死になって呼んだ。

「お婆様、しっかりして下さい」

「秋恵さん、ガス、ガス、火を止めてぇー、火を止めてぇー」

と、サキが悲痛な叫び声を上げる。

見れば天麩羅鍋にはまだ火がつけっ放しであったから、秋恵は急いで火を止めた。

「火を止めたかい」

「はい、止めました」

「はぁ、はぁ、胸が苦しいー、胸が痛いよぉー」

秋恵は急いで救急車を呼んだのだが、手当の甲斐もなく、サキは搬送されたその病院で、秋恵の手をぐっと掴んだまま静かに息を引き取ってしまった。

二郎もベトナムから急遽駆けつけ、無事葬式も済ませたが、明日はまた旅立たなければならない。

その日の夜、二人の子供を前にして二郎は、秋恵を入籍させたこと、そして今後のことはすべて秋恵に相談し、彼女を母親と思って従うように、と伝えた。

父親の言うことを黙って聞いてはいたが、美沙子と高夫は、腹の中では得心していない。けれど見れば秋恵のお腹が大きい。今更ながら父と秋恵のことを知って、二人は愕然とした。

翌日の朝早く、二郎は秋恵に、

「子供が生まれたらすぐ知らせてくださいね」

と言い残して慌ただしく旅立った。


それからしばらくは穏やかな日々が続いたが、ある日姉弟が、ほんのささいなことから二階の廊下でひと悶着起こしていた。

「いいじゃないの、一日だけ貸してよ」

「ヤダ、ダメ、姉さん。そんなの嫌だよ」

「いいじゃないの高夫。今日一日だけなんだから」

高夫の紺のマフラーを、今日一日美沙子が貸してくれと頼んだのだが、高夫は嫌だと言う。二人は朝っぱらからマフラーの奪い合いを演じているのである。

「いいじゃないの。私のあれだって格好いいわよ」

「やだ、やだ。姉さんのあんなオレンジ色のマフラーなんか恥ずかしくてやってらんないよ。やだよ、やだ」

と二人はともに力いっぱいマフラーを引っ張り合った。

その時、美沙子がぐいっと力いっぱい引っ張った途端、高夫の手が緩み、美沙子は階段から足を踏み外してまっさかさまに転がり落ちた。

「わー、姉さん大変だア!!」

全身を激しく打ってのたうちまわる美沙子を見て、高夫は慌てふためいたが、気を取り直して救急車を呼んだ。

秋恵は、急いで病院に駆けつけた。

「大丈夫、大したことはない。若いから治りが早いでしょう。心配いりませんよ」

と医者が言うので、秋恵は一安心して、

「先生、よろしくお願いします」

と頼んでから、その日は高夫と一緒に家に帰った。

それから秋恵は、しばらく病院に通うことになったが、ある日美沙子を見舞って病室を出たのと入れちがいに入ってきた、一人の中年の女性がいた。

秋恵はちらりとその女の横顔を見たが、まさかそれが美沙子の母親だとは知る由もなかった。

「あら、お母さん！」

「美沙子、大変だったねぇ。えぇ、大丈夫かい？」

「えぇ、まぁ。お医者さん、一週間か十日で退院できるって言うけど、参っちゃったわぁ」

「そうかい。あんた高夫と喧嘩したんだって？」

「そうなのよ。だってあの子、言うことときかないから」

「まぁねぇ、それでも気を付けなきゃいけないよ。あんた、もし顔に傷でもつけてごらん。一生大変なんだから」

「お母さんありがとう。見舞いに来てくれてありがとう。でもよく分かったわねぇ」

「そりゃぁあんた、私だっていつもあんたたちのこと心配しているのよ」

「じゃあ、お婆ちゃんが死んだことも知ってたの？」

「うん、まあね。お葬式に私も出たかったんだけど、やっぱりちょっと具合が悪くてねぇ。だから外から手を合わせてたわ」

「そうなの。来ればよかったのに」

「うーん、でもねぇ、そのうちに。ところで高夫は元気かい？」

「元気よ。でもそれより、あの人、今来てるお手伝いさん、あの人凄いのよ」

「何、どうしたの？」

「お母さん、びっくりしないでね。あの人、妊娠してんの。お父さんの子よ」

「えぇっ、本当かい？」

「本当なのよぉ。お父さんもお父さんだわ。あんな女中みたいなのに手を出して。私もう本当に嫌い。嫌になっちゃう」

「そうかい。それは大変だねぇ」

「そうでしょう」

「そうよ、あの人に子供ができてごらん。それこそこの波多の財産、みんなあの人に全部持っていかれちゃうんだから」

「えぇっ！」

「本当よ」

「ねぇお母さん、早く帰って来て。ねぇ、早くうちへ帰って来てー」

「まぁ、お母さんも帰りたいけど、ほら、お父さんとはまだ話ついてないし、すぐというわけにはいかないのよ。でもねぇ、これからはあなたたちと力を合わせて、あんな女をうちから追い出さなくちゃね」

秋恵の知らないところで、そんな不穏なやりとりが交わされていた。


やがて松葉杖で退院した美沙子は、自分は足が不自由だから、一階の部屋に寝泊まりすると言って、秋恵を二階に追いやってしまった。

秋恵もその時お腹が大きくなり、階段の上り降りは本当に辛くもあり、苦しくもあったのだが、松葉杖の美沙子に譲るしかなかった。

その美沙子にとって今一番気にしていることは、こんな大怪我をして入院したというのに、家庭教師が一度も見舞いに来てくれないことだった。

美沙子は友達に、

「早稲田の四年生で、凄いイケメン、まるでタレントさんみたい」

などと、自分の家に来ている家庭教師の自慢話をしていたのだが、その家庭教師が一度も見舞いに来てくれないとあっては、女子高の友人たちにあわせる顔がない。

しかし携帯に何度メールを入れても電話しても返事がないので、本当に気がかりだった。

だから美沙子は、昼間いつもイライライライラしながら、居間の中を松葉杖で歩き廻り、秋恵とすれ違うと、わざと松葉杖でドスン、ドスンと床を叩いたりしていたのである。

もっとひどいことは、美沙子が自分の部屋へ行って置き忘れた人形や小物を取ってきてくれと、たびたび身重の秋恵に命じたことだった。

大きなお腹を抱えて、何度も何度も階段を上がったり下りたりさせられた秋恵は、洋服ダンスのショウノウの臭いがたまらず、思わず吐き気がして座り込んだりしていた。

疲労困憊した秋恵は、夜はほとんど二階へ上る気力もなく居間の四隅のソファーで寝ていた。

そして今日も今日とて、美沙子の意地悪が始まった。

「あのほら、私の部屋の壁にかかっている大きな写真、あの額縁持って来て頂戴ョ」と。

美沙子に頼まれ、やむを得ず秋恵は二階へ上がった。

あの大きな額縁というのは、美沙子が友たちと旅行へ行った時の記念写真である。

その額縁を持ってそぉーっと、そぉーっとおっかなびっくり、二階の階段を下りて行く秋恵。だが下でその様子を見てニヤっと笑っている美沙子。

けれどもそんなことでは美沙子のイライラは解消しない。彼女はともかくあの家庭教師に会いたかったのである。

一方の高夫は、祖母のサキが亡くなり、父親二郎の不在が長引くにつれ、ますますわがままがひどくなった。

「ご飯が柔らかすぎる」

とか、

「お前の作った料理はみんなまずい」

とか、いつも秋恵の料理をけなしていた。

特に先日、サキが得意としていた肉じゃがが食卓に並べられた時には、

「なんだ、お前のは肉じゃがじゃない。こんなの食べられたもんじゃない！」

と、秋恵をこっぴどく叱りつけた。

「いいか、肉じゃがっていうのはなぁ、こんなドロドロ溶けた芋じゃだめだ。こんなの肉じゃがじゃない。もっと芋は硬く、それで味がしまっている。それが肉じゃがなんだ。こんなの食べられるかぁ！」

と、器ごと床に叩きつけた。

さらに、あれほど好きな肉でも、味付けがまずいと言って難癖をつける。

そして高夫は秋恵に朝から晩まで、

「小遣いを増やせ。小遣いを増やしてくれ」

と要求しているのだが、それが認められない腹いせに、彼女の料理についていつも文句を言うようになったのである。

特にひどいのは、

「お前があのお婆ちゃん殺したんだぞぉ。お前がお婆ちゃん殺したんだぞぉ！」

という言いがかりをつけ、さらに高夫は、

「そうだ、病み上がりのお婆ちゃんをお勝手に立たせたのはお前だろう。お前がろくな料理を作らないから、お婆ちゃん、見るに見かねてお勝手に立ったんだぞぉ。お婆ちゃんが死んだのは全部お前のせいだ。じいっと付いていればいいのに、お前、お前がそばを離れたからだ」

と、罵るのだった。

確かにあの時、秋恵も魔が差したというのだろうか、夕刊を取りにポストへ向かったその瞬間、年寄りは倒れた。それを思うと秋恵は本当に申し訳ない気持ちでいっぱいになるのだ。

ここへ来た頃は、あんなに厳しくやかましかったサキ。

だが、体が不自由になった事もあって優しく声をかけてくれたサキ。

しかも、自分のお腹の中の子供をいち早く認知してくれたサキ。

すべてについて恩人のサキ。

もしお婆様が生きていれば、自分もあの二人の子供たちにこんなにいじめられずに済んだと思うと、秋恵は本当に悲しくてならなかった。

しかし美沙子と高夫の執拗ないじめに耐えながら、秋恵は大きなお腹を抱え毎日買い物に出かけていた。

スーパーの鮮魚売場の前でその生臭いニオイが耐えられず、あのタンスのショウノウと同じよう思わず吐き気を催すこともあった。

魚肉に対する嗅覚が最近異常になってきたのは、きっと妊娠のためだと思いながら、この急激な体の変化についていけず、秋恵は戸惑うばかり。

けれども誰の手助けもない。

こんな時そばに母がいてくれたら一部始終を話せたらと思ったが、この窮状を訴えて母に余計な心配をかけてはいけない。ここは我慢と秋恵は自分自身に言い聞かせていた。


そんなある日の昼下がり。大きなお腹を抱えて、それでも近くのスーパーへ買い出しに出た秋恵は、とある喫茶店の前を通り過ぎながら、ふとその中を見て驚いた。

美沙子と高夫、それに中年の女と三人が、親しくお茶を飲んでいるではないか。

しかし秋恵がそれよりもっと驚いたのは、その中年の女だった。

確かあの美沙子が骨折で入院している時、廊下ですれ違ったのがあの女だった。

「あれっ、もしや、もしや……」

と、思いながら秋恵が買い物を終えて家へ帰ってしばらくすると、あの三人が揃って秋恵の前に現れた。

「あんたが秋恵さん。そう、いろいろ子供たちがお世話になったけどもういいわ。明日から私が来てこの家仕切るから、もうあんた帰ってもいいのよ」

「えぇっ」

「あんたホームヘルパーでしょう？」

「ハイ、ホームヘルパー？　でも」

「ホームヘルパーでもなんでもいいの。いいから早くここから引き取ってください」

突然のことに、秋恵は動転した。

「そうよ、本当のお母さんが帰って来てくれるのよ。だからあんたなんか、もう用なんかないわ」

と美沙子が言うと、高夫も声を合わせる。

「そうだ、そうだ。もうお前なんか用はない」

「でも、ご主人様が帰ってからではないと、こんな話承知できません」

「あらぁ、図々しいわねぇ。聞けばあんた、あの人の子供を宿してるんだって。

ふん、まぁとんでもない悪女ね。この家の財産を乗っ取るつもり？」

「いえ、そんな気は毛頭ありません」

「まぁいいわよ、ともかく出て行って。さあ早く支度してちょうだい。明日また私来るからね」

と切り口上でそう告げると、その中年の女、ハナは帰っていった。

夜になったが、あまりにも急な話に、秋恵はどうしていいか分からず悩んだ。そして、お腹は一段と大きくなっており、今日はここで横になろうと一度は二階へ向かったのだが、また階段を上がるのが億劫になり、リビングのソファーで寝ることにした。

とその時、二階から水を飲みに下りてきた高夫が、

「なんだなんだ、そんなところで寝るなよぉ。誰か来たらみっともないじゃないか。自分の部屋へ行って寝ろよ」

と怒鳴り散らすので、秋恵は仕方なく二階の階段を上がっていった。

大きなお腹を抱えて、ゆっくりゆっくりゆっくりと階段を上がって、やっと上

がりきったとその瞬間、いきなりパッと電気が消え、真っ暗になった。

「あっ、停電かしら」

しかし秋恵が外を見ると、隣の家の明かりも、街灯の明かりもついている。

「あっ、うちがどうかしたのかしら。もしかしてブレーカーが……」

と、秋恵はせっかく上がった暗い階段を、恐る恐るそっと手摺りにつかまりながら、また下りることになってしまった。

それから彼女が小さな脚立を持って来て、その上で背伸びをしてつま先立ちになって玄関脇のブレーカーを上げたちょうどその時、秋恵は「キャーー」と悲鳴を上げながら脚立から落ちて、いやというほど腰を打ってしまった。

「痛っ痛っ痛っ痛いっ！」

後で病院で検査した結果、幸い胎内の子供に異常がなかったので秋恵はホッとしたが、その時、美沙子と高夫はキッチンの横で、顔を見合わせクスッと笑っていたのだった。

それからある朝の事、二人はいつものようにトースト、ミルク、ハムエッグ、それに野菜サラダを食い散らかして、サァーっと学校へ出て行く。

今日は、美沙子も松葉杖なしである。

後片付けをしていた秋恵がふと見ると、彼らは牛乳にはいっさい手を付けていなかった。

その時、秋恵は何も気にせずに、自分は冷蔵庫にあった残りの牛乳をグラスにあけて、ちょっと口にした途端、舌にピリッときて、

「あぁっ、あれっ、あれっ、あぁ〜〜」

と、思わずその場に吐き出した。

「何だろう、この妙な味は?」

秋恵は、流しにウェ〜ウェ〜っと吐き出し、何度も何度もうがいした。

牛乳に異物が入っていたのである。

しかも食卓にある二つのグラスに入った牛乳に、二人は今日はまったく手をつけていないのである。

「これはいったいどういうことだろう？」

と、秋恵は訝しく思った。

自分の気のせいか、それとも異常な魚肉に対する嗅覚同様、妊娠からくる味覚の異常なのか、それとも牛乳に毒物が混入されていたのか、秋恵はそのいずれとも決めかねていた。

特に最近の秋恵は、すっかり食欲がなかったかと思うと、急に空腹に駆られて夢中でインスタントラーメンをかっこみ、それでも物足らなくて冷蔵庫の食品を手当たり次第口に入れて、ゲエゲエと吐くこともあった。

秋恵はこれがきっと「食べ悪阻《つわり》」なんだと思い込んでいたが、そんな浅ましい姿を偶然美沙子に見られて、

「あらあんた、なんて卑しい真似をしてるの。みっともないわねえ」

と、冷たい視線を浴びたこともあった。

その日の午後、雨が激しく降ってきたので、学校から帰ってきた二人は、居間でドッジボールを始めたが、そこで秋恵の姿を見つけると、さっそく高夫の意地

悪が始まった。

「なんだお前、まだ支度してないのかよ。早く出てけよ」

「いえ、旦那様が帰って来るまでは、私は出られません」

「ちぇっ、そうかい、勝手にしろ。姉さん、さぁドッジボールだ」

「いいわよぉ」

と言いながら、二人はこの狭い居間でボールを投げ合ったが、ちょうど秋恵が正面を向いたその瞬間を狙ってか、高夫が秋恵の腹に思いっきりボールを投げつけた。

「うわぁっ、何をするんですぅー」

球を受け損ねた秋恵は、バッタリ転がってしまった。

「なぁんだ、ちゃんと捕らないからお前が悪いんだろう」

と高夫は憎々しく言い放ったが、明らかに秋恵の腹を狙ったのであった。しかも近距離から。

その場でうずくまりながら、秋恵は、

「こんな調子ではお腹の赤ん坊まで殺されてしまう。旦那様、早く帰って来てください」

と祈るような気持ちだったが、姉弟の悪辣ないじめ攻撃の前に、どうすることもできなかった。

ある日美沙子は、学校の帰りにあの家庭教師のアパートを訪ねることにした。ともかくあれからずっと連絡がつかない、それでも一目会いたい、会いたい。その一心からアパートへ向かったのである。

美沙子は、アパートの階段をトントンと上がって、彼の部屋の前でノックした。

「誰？」

「美沙子です」

「えっ、美沙ちゃん？　ちょっと待ってね、ちょっと待ってて……」

と、慌てた男の声がして、しばらく経ってからようやくドアが開いた。

「美沙ちゃん、大丈夫かい？」

「はい、元気になりました。だからまた勉強をお願いします」

「そう、じゃあ来週からでも始めるか」

「はい、お願いします」

と、その時、男の後から若い女の顔が、ちらと覗いた。

唖然とする美沙子に気付いた男は、焦ってへどろもどろしながら、

「あぁー、うーん、紹介するよ、俺の恋人」

と言葉をつないだが、余りにもショックで美沙子はもう何も言えず、かろうじて
「失礼しました」

とだけ挨拶して、バタンと自分でドアを蹴るようにして締め、階段を駆け下りながら悔しくて悔しくてならなかった。

あの家庭教師に彼女がいたとしても、それはそれで仕方がない。しかしあの時、せめて「クラスメート」とかなんとか言ってほしかった。それをいきなり「俺の恋人だよ」と言われては、女としてもう立つ瀬がない。

以前はその家庭教師に、自分の部屋で大切な処女を与えたのだった。

それを思うと彼女は今更ながら、悔しくてならない。

あの日、蒸し暑いあの日、家庭教師は上着を脱いでワイシャツ一枚腕まくり、美沙子も薄着になった。

そして男は美沙子の後ろに廻って、肩越しからそっと耳元に囁いた。

「君は綺麗だ。君は本当に美人だよ」

「あらぁ、やだわぁそんなこと」

「いや、素敵だよ。俺、君が好きなんだ」

「うれしい！」

その男の体臭が美沙子にとってはたまらなかった。男は美沙子をぐっと抱き寄せると、

「君が大学を出る頃には、僕は一流会社に勤めている。そうしたら結婚しよう」

と、またしても耳元で優しく囁いた。

ああ、あの甘い言葉！　今となってはすべて儚《はかな》い夢となってしまった。

そして美沙子は恋に破れ、悄然《しょうぜん》としてうちへ帰った。

そうなると八つ当たりの対象は、やはり秋恵である。

すぐさま実母へ電話をかけ、

「お母さん何してるの。なぜ早く来てくれないの。あの女追い出してよぉ」

と、激しい口調で訴えた。

翌日、さっそくハナがやって来た。

「さぁ、もう支度できたんでしょうねぇ。さぁ出てって、出てって下さい」

「でも、ご主人様が帰ってみえないと」

「あんた、あんたまだそんな言い訳してんの。もうともかく私が後を引き受ける、だから、あんたはもう引き取りなさい」

と、呆れるほどの強引さである。

そんな押し問答を繰り返している時、秋恵が急にお腹を押さえてうずくまってしまった。

「あっ、痛っ、痛っ、痛っ」

秋恵の陣痛が始まったのである。

「あっ、あっ、痛いっ、痛いっ！」

と悲痛な叫びをあげてのたうち回る秋恵を見て、

「お母さんどうしよう？」と美沙子は動揺したが、ハナは平然としていた。

「いいのよ、ほっときなさい。さぁ、あんた。こんなところでお産されたら居間が汚れるわ。おトイレへ行く？　それとも庭でする？　さあ早く決めなさい」

「お母さん、それはあんまりひどいわよ」

「何言ってんの美沙子。女はねぇどこでも産めるようになってんの。そういう体になってんの。さぁ、ここじゃだめ、汚れるから。庭なら自由よ。お庭で産んでちょうだい」の言葉に美沙子は驚いた。

秋恵は冷や汗がたらたらと流れ、もう苦しくてどうしようもなかったが、それでも自力で救急車を呼んだ。

「さぁ我慢して、我慢して頑張ってくださいよ」

と女性の救急隊員が秋恵の手をしっかりと握って、優しく声をかけた。

「さぁ我慢してください、もうちょっとの辛抱よ。赤ちゃんのためにも頑張りましょうね」

やっと病院に着いた秋恵は、集中治療室へ担ぎ込まれ、必死にもがいている間に、すっぽりと赤ちゃんが出たような実感があった。

だが、じっと耳を澄ましても、赤ん坊の泣き声が聞こえない。

どうしたんだろう、どうしたんだろう、と心配で心配で、しかしその心配をよそに体がぐったりしていうことをきかず、そのまま秋恵は目を閉じ静かに眠りに入った。

秋恵が病院でやっと気が付いた時、あの深大寺紹介所の所長が見舞いに来てくれた。

「所長さん！」

「あぁ、大変だったねぇ。秋ちゃん、しっかりしておくれよ」

「所長さん、赤ちゃんは？　私の赤ちゃんがいないんだけど？」

「えっ、その話、先生からまだ聞いていなかったの。それがねぇ、それがねぇ、残念だけど……」

「えぇっ、私の赤ちゃん！」

「そうなの、今回は諦めなさいって、先生が」

「えぇ～」

思いがけない話を聞かされた秋恵は、あまりのショックで涙も出なかった。おそらく担当の医師は、彼女がもっと回復して落ち着いてから赤ちゃんが亡くなった話をしようと考えていたのだろう。

しばらくして気を取り戻した秋恵は、所長さんにあの波多の家でいろいろないじめにあったことを涙ながらに語ったので、それを聞いた所長は驚いた。

「えぇっ、そんなことがあったの！」

「はい、辛かったです」

「なら、ならもっと早く言ってくれればよかったのに」

と、所長も残念がったが後の祭りである。

「ともかく今私は、お母さんに会いたいのです。所長さんお願いします。どうかお母さんを呼んでください……」

「あぁ分かったよ、すぐ連絡をとるからねぇ」

所長はすぐ秋恵の母へ電話をかけて、キクはびっくりして上京したのだが、キクが病院へ駆けつけた時、秋恵はかすかな意識の中で、波多家の辛い仕打ちを断片的につぶやきながら、母の手をしっかり握って、あっという間に息を引き取ってしまったのである。

嘆きの果てに追いやられたキクに、悲しい親子の対面だった。

「うわぁーー」

と秋恵の体にしがみつき、キクは泣いて泣いて泣き尽くしたが、もはや最愛の娘は戻ってこない。

キクは家へ帰る元気もなく、所長の好意にすがって家政婦会に連れて行かれ、そこで寝起きするようになったが、もうすっかり腑抜《ふぬ》けの状態だった。

そんなキクと秋恵の悲劇をよそに、ちょうどこの日の波多家では、子供たちのためにハナが天麩羅を揚げていた。

昔から使われている大きく分厚い天麩羅鍋をコンロにちょっと斜めにかけ、その端から海老をそっと寝かせ、衣を付けてサァーっと真ん中へ流す、あのうるさい祖母から教わった天麩羅の揚げ方である。

そこへ息子の高夫が現れた。

「お母さん、今晩のごはんはなぁに?」

「お前たちの好きな天麩羅だよ」

「わぁーい、うれしいなぁ」

「それにお刺身も付けるよ」

「わぁ、よかったぁ!」

大喜びの高夫がトントンと二階へ上がって行ったちょうどその時、居間にある電話のベルが鳴った。

「誰か出てぇー、誰か出てぇー」

ハナが叫んでも、二階からが誰も下りてこない。

電話のベルは相変わらず鳴り続けているので、「しょうがないわねぇ」とぼやきながら、ハナは仕方なく受話器を取った。

「もしもし、もしもし。えぇっ、まぁあんた。あんたなんかにもう用はないわよぉ。えっ、お金を貸してって？　冗談じゃない。今更何よ。あんた、よくもそんなことを言えるね。もうあんたとは別れたのよ。いっさい電話なんかしないでちょうだい。もう切るわよ」

とガチャンと切った相手とは、あの百万円の男である。一度は元のサヤに収まったが、女グセが悪く、おまけにまともな仕事もせず、逆に又、別れたのである。

ともかくダマされたという思いがいっぱいで口惜しかった。

「あんまり人を馬鹿にするんじゃないよ」

と、思い出せば腹の立つことばかり。悔しくて悔しくて、受話器を置いてもまだ頭に血が上ったまま。

しばらく茫然としていたその時、いきなり「ボゥー」っという聞き慣れない音がした。

「あっ！」

後ろを振り向くと、あの天麩羅鍋に火が回っている。

「うわぁ大変、大変だぁー！」

慌てて流しにあった洗い桶の水をバァっとかけたからたまらない。「ゴゥォォ～～」っと火はますます燃え広がった。

「火事だ、火事だぁー！」

すっかり気が動転しながらも、ハナは気丈に消火器を取りに行ったが、火の手は天井を焦がし、煙はサァーっと階段から二階に駆け上っていく。

「うわぁー、火事だ、大変だぁー！」

美沙子と高夫は、慌てて二階の窓から庭へ飛び降りた。

ハナは消火器で必死に火を消し止めようとしていたが、近所の人の知らせで消防車がサイレンを鳴らして駆けつけたので、辺りは騒然となった。

その夜、救急車で病院に担ぎ込まれたハナは、頭からすっぽり白い包帯で包まれてベッドに横たわっていたが、そこへ見舞いに来た一人の男がいた。

ハナの元彼である。

「おぅーい、大変な目にあったなぁ。えぇー、顔中火傷かよ。それじゃお岩さんだなぁ。まぁ、しかしよかった、命拾いしてさぁ。俺、心配したんだぞぉ」

ハナは口もきけずに黙って聞いていると、男は、

「よしよし心配するな、心配するな。退院したらお前の面倒は、俺がみるから安心しろ」

と言って、そのまま病室から出て行ったのであった。

一方のキクは、あれ以来深大寺の所長の家で世話になりながら、秋恵と赤子の白木の箱を前にして、毎日茫然と過ごしていた。

そんな時、西三鷹家政婦会の所長が、キクが世話になっている紹介所を訪ねて来た。

最近は大手の介護事業者などに押されてめっきり仕事が減り、お先真っ暗の状態らしい。

そんな愚痴話の最中、西三鷹所長の携帯が鳴った。

「はいはいはい、分かりました。今は取り込み中だから、帰ってから検討しましょう」

と手短に会話を終えた西三鷹の所長は、電話を切ってから、

「ねェ、例の井の頭のお宅から、至急一名寄越してくれという電話よ」

と、その内容をぽろりと漏らした。

「そうなの。あの事があってうちへは頼めないからね」

「でも、うちだって引き受けられないわ。お断りする。可哀そうな秋恵さんの話を聞いたら腹が立って腹が立って」

二人の所長のそんな会話を襖越しに聞いてしまったキクは、全身に熱い血が一気に巡ってきた。そしてサァーっと襖を開けると、

「所長さんお願いします。その井の頭のお宅へ私をやってください。この通り、

この通りお願いします！」

と、額を畳にこすりつけて必死に頼んだ。

二人の所長はびっくりしたが、キクのその熱意に押され、お互い顔を見合わせてうなずいた。

そしてその翌日、キクはさっそく紹介状を持って波多の家を訪れたのである。

一方、退院したばかりでまだ体は不自由だったが、ハナは純朴そうな年寄りを一目見て気に入り、

「お願いするわ。今日からお願いするわ」

と即決、キクはまんまと波多の家へ入り込んだ。

その翌日のこと、さっそくあの男、ハナの元彼がやってきた。

「退院おめでとう。よかったじゃない。えぇ、これでお前もこのうちに落ち着くんだなぁ」

「それがそういう訳にいかないのよぉ」

「どうして？」

「だってあの人が帰って来たら追い出されるに決まっているわ」

「なんでぇ、まだ話つけてないのかよ。そりゃぁ大変だなぁ。それで旦那は？」

「今はベトナム駐在中だけど、帰って来たら終わり。一巻の終わりよ」

「そうかぁ、ベトナムかぁ。だが、海外なら仕事はやりやすい」

「えぇっ？　どういうこと」

「俺に任せとけ」

「あんた、何する気」

「まぁいいから俺に任せておけ、大丈夫だ」

と、言いながら男は出て行った。

キクがその会話を聞いていたとは夢にも知らずに。


それから一月も経たないうちに、あの恐ろしい事件が起こった。

二郎が現地で交通事故で不慮の死を遂げたのである。

その知らせにハナは仰天したが、もしかしたらあの男が……と思うと、さすがのハナも、背筋に冷水を浴びせられたようにぞっとした。

それはハナばかりではない。キクも同じであった。

秋恵からの便りでは、あの二郎は、娘秋恵が愛し、子までなした人だという。

そしてこの悪魔たちが、娘とその夫、可愛い孫になるはずであった赤ちゃんの三人を殺したのだと思うと、憎しみがメラメラと燃え上がった。

もう許すことはできない！　絶対にできない！

井の頭の波多家に潜り込んだキクは、復讐の機会をじっと待っていたのである。

二郎を殺したと思われるあの男が、また姿を現すのに時間はかからなかった。

男は、ハナとひそひそ話をしている。

「おぅい、保険金たんまり入ったんだろう。俺にもおこぼれよこせよ」

「あんたの望みって、保険金？」

「じゃねぇよ。この家へ俺も仲間へ入れろよ。えぇ、そうすりゃぁ金の無心なんかしねぇ」

「そうねぇ、考えとくわ。じゃないと私もあんたも共犯だからね」

ハナはこの男を敵に回すとヤバイと分かっていた。

「あんた、今度の日曜日の夕食に来てくれない？」

「えぇっ」

「その時に子供たちに紹介するわ。それで決まりよ」

「そうか、今度の日曜日かぁ、楽しみだなぁ。じゃぁ俺のお披露目会、盛大にやってくれよ」

二人の一部始終を立ち聞きしていたキクは、身の毛もよだつこの恐ろしいゴキブリどもを退治するには、もうあれしかない、と思ったのである。

翌日、キクは歯医者に行くと言って暇をとり、その足で北関東の我が家へ急いだ。

そこには当時キクの内縁の夫が押入れに隠していた薬品の数々が隠されていた。その大半は殺虫剤と聞いていたが、キクは夫がその中で「シアノホス」というラベルの貼られた瓶を見せて、

「これが一番効くんだぞ。どんなやつだって一コロだ」

と言っていたのを思い出したのである。

彼女はその瓶をそっと持ち出し、東京へ引き返した。


さてここで物語は、冒頭の日曜日に戻る。

食卓に並べられているのは、豪華な夕食であった。

食卓の中央にデンと置かれた特上寿司の大きな飯台、そして数々の料理。さらに食後のデザートとして冷蔵庫には極上のメロンまで用意されていた。

「わぁー、メロンかぁー」

と、喜ぶ高夫に、

「メロンはおじさんのお土産よ」

と、ハナは間髪入れずに口をはさんだ。

キクの胸に秘めた決意を知らない美沙子は、

「この出汁巻きの味がいいわ。小芋が上手い。お母さんよりよっぽどおばさんの方が料理上手ねぇ」

と手放しで褒めている。

「いえいえ、そんなこと、お嬢様」

とキクが謙遜すると、またハナがしゃしゃり出てきた。

「あら、まぁ美沙子ったら、私の腕前知らないのね」

「だってお母さん、料理作ったことないじゃないのよぉ」

「そりゃぁねぇ、ほら、あの口うるさい婆さんがいたでしょ。だから私、手出しできなかったんだよ。これからこの手が治ったら私の料理の腕前見せてやるわよ」

と、ぬけぬけと豪語している。

この楽しげな食卓の四人の心の中に、どんな悪魔が住んでいるのかを知っているのは、キクだけであった。

そしてそのキクの愛した秋恵のお腹を蹴った悪い姉弟が、今、メロンではしゃいでいる。

しかもこのメロンを買ってきた男が、姉弟の父親を殺したのだ。

そのことが今、キクとハナの心に重くのしかかっていたのだった。

ハナはこの男を、何とかしなければと思っている。

しかし、それは完全犯罪でなければならない。

ハナ自身が罪を被っては何の意味もない。だから慎重にやるんだ。絶対に焦ってはならない、と心に言い聞かせていた。

そしてその機会を狙うために、ハナはこの男をあえて家の中へ入れたのである。

だがこの男、今夜にもきっと寝室に入って来るだろう。あの頃は夫の目を盗んで激しい情熱で燃えて抱き合った仲だったが、今は違う。

ハナにはもうそんな気は毛頭ない。しかし、今晩男が忍び込んで来ると思うとゾッとする。

ハナは、男のグラスの中に素早く睡眠剤を入れたが、キクも子供たちも気づかなかった。

「キクさん、おつゆのお代わりある？」

「はい、どうぞ奥様」

「みんなもお代わりしたら？」

「はい」

と素直に返事してお椀をキクに差し出した姉弟の横で、トイレから帰ってワインを飲んだ男は、こくりこくりと居眠りを始めた。

「おじさん、もう酔っぱらっちゃったのかな」

と言いながら、高夫は美沙子と顔を見合わせている。

その間にキクは、例の「シアノホス」を入れた新しいお椀にじゅん菜とつゆを入れ、

「はい、お待ちどおさま」

とテーブルに並べると、三人は一斉に手を出し、椀に口をつけた。

もう天涯孤独のキクにとって、怖いものは何もない。日曜日には復讐を果たせ、の心境だった。

ハナ、美沙子、高夫の喉がゴクンゴクンと動く。

キクは勝手の隅からその姿をじっと見詰めていたが、次の瞬間、三人は、

「うわぁ〜！」

と叫びながら椀を放り出し、床に倒れてのたうち回った。

やがてぴくりとも動かなくなった親子を見届けて、キクはあんぐりと開けたあの男の口の中へ「シアノホス」入りのつゆをゆっくりと流し込んだ。

男がそれをゴクンと飲み込んで動かなくなった瞬間、キクの復讐はすべて終わった。

そしてキクは、

「秋恵、待っててておくれ。母さんも今すぐ行くからね」

と呟きながら、自分も毒入りの椀にゆっくりと口をつけたのであった。

最後の晩餐が終わった食卓には、

『所長さん、大変ご迷惑をおかけしました。申し訳ありません。どうしても許せなかったのです。お許しください』

と認められた一枚の便箋が残されていた。

完

あとがき

蛇足ですが、小生八十を越して自分史を綴り、更にこの度、短編集として書きました。

もとよりこの年で先が細く、今ここに晩年の心境と併せて、人間としての生きざまを、猿脳を絞って書きたいと思います。

そしてペンが止った時が、それこそ我が人生の終着点なのです。

著者プロフィール
波多野 伸（はたの しん）
昭和4年、東京都生まれ
著書に『春のない四季』（東洋出版）がある

冬子の日記

2016年4月15日　初版第1刷発行

著　者　波多野 伸
発行者　瓜谷 綱延
発行所　株式会社文芸社
〒160-0022　東京都新宿区新宿1－10－1
電話　03-5369-3060（編集）
03-5369-2299（販売）

印刷所　株式会社フクイン

ISBN978-4-286-17150-0